El Cuaderno de la Popularidad

Investigación para conocer el secreto de la popularidad.

Lidia Goldblatter y Julia Graham

Amy Ignatow

CLIC EDICIONES

¿Has conseguido el cuaderno?

Sí, pero me lo he dejado en casa.

Da igual. Podemos pegarle nuestras notas cuando salgamos del colegio.

¡Como un álbum de recortes! Y yo puedo hacer mis dibujos.

¿Sabes dibujar a Melody?

He intentado dibujarle un pendiente de calavera, pero se me ha ensuciado todo.

¡Ja, ja, ja! ¡¡¡Ha quedado genial!!!

EL CUADERNO DE LA POPULARIDAD

Investigación para conocer el secreto de la popularidad.

las autoras de

EL CUADERNO DE LA POPULARIDAD

juran solemnemente no permitir que Ojos Externos (otra gente) vean el contenido de EL CUADERNO DE LA POPULARIDAD, y que la información contenida en EL CUADERNO DE LA POPULARIDAD se utilizará únicamente para mejorar nosotras mismas.

X Lidia Goldblatter

Redactora jefe

Coautora

Experimentadora principal

Dictadora

X Julia Graham

Redactora adjunta

Coautora

Ilustradora

Registradora

EL EQUIPO INVESTIGADOR
LIDIA
JULIA
Vive con mamá y una hermana rara
Más alta
Rubia
Llevo gafas
Canto muy bien
Ojalá tuviese más estilo
Me encanta el helado
Vive con papá y una gata mala
No tan alta
Pelo oscuro
Puedes considerarte "morena"
Vale, morena
Lo que mejor se me da es dibujar, aunque los coches no me salen muy bien.
Ojalá pudiese volar.

EL PLAN

Superbrillante

Nosotras (Lidia Goldblatter y Julia Graham) tenemos todo un año por delante antes de empezar la Secundaria. Según lo que hemos observado en Melody (mi hermana mayor), entre Primaria y Secundaria pueden cambiar un montón de cosas.

Así que nuestro plan (que es muy brillante) es observar a las chicas populares. ~~Escribiremos~~ Anotaremos nuestras observaciones en este cuaderno.

Después, cuando tengamos suficiente información sobre las chicas populares, sabremos qué hacen para ser populares e intentaremos copiarlas para ver si nosotras también nos volvemos populares.

Julia (yo) es mejor artista y tiene una letra más clara, así que yo me encargaré de la mayor parte de las anotaciones.

Lidia es más valiente (¡lo soy!), así que ella se someterá a los experimentos.

Por ejemplo, si Julia y Lidia observan que todas las chicas populares llevan el mismo tipo de ropa, entonces Lidia será la que llevará esas prendas para comprobar si ayudan a mejorar su prestigio social.

Si, por el contrario, Julia y Lidia observan que todas las chicas populares comen determinado tipo de helado, Julia se sumará al experimento (a no ser que el helado en cuestión contenga fresas, a las que Julia es alérgica).

← ¡Fresa asesina!

Con un poco de suerte, si tenemos éxito en nuestra investigación y experimentos, conseguiremos

¡NUESTROS OBJETIVOS!

QUE SON:

1. Ser populares.
2. Nunca jamás convertirnos en

¡¡¡Melody!!!

3. Que dejen de llamarme "Goldváter".

En serio, ¡estoy harta!

A lo mejor Mike Cavelleri solo quiere ser tu amigo porque cree que tu pis es de oro

¡Puaj!

Imagina cuánto dinero podrías conseguir.

¡Qué asco!

RAZONES POR LAS CUALES SER POPULAR ES MEJOR

(que no ser popular)

1. Le gustas más a la gente.
2. No te toman el pelo.
3. Cuando hay algo guay (como una fiesta en la piscina), te invitan.
4. Hay gente que quiere ser tú.
5. Consigues mejores papeles en las obras del colegio.
6. Simplemente eres mejor.

Septiembre

Deberíamos inventarnos un nombre en clave para nuestro proyecto.

Guay. ¿Qué te parece "El proyecto popularidad"?

Demasiado obvio. Es un estudio secreto.

Vale. ¿Y qué tal "Proyecto investigador"?

Esta soy yo, muerta de aburrimiento →

¿Se te ocurre algo?

Perdóóóóóón. Ahora mismo no puedo pensar porque me has matado de aburrimiento (ver imagen de arriba). Pensémoslo cuando acabe el colegio.

¿Estarás viva después del colegio?

Probablemente.

Ideas para el nombre en clave de nuestro proyecto investigador

- La comunidad refinada
- Proyecto X
- Proyecto P(do)
- Método y resultado
- Las mentes inquisidoras

Resultados para "investigación" en el diccionario: pesquisa, indagación, inquisición, averiguación, sondeo

Yo ya había sugerido "Inquisidoras"

Le pedimos a papá ideas de buenos nombres para un club secreto, y dijo:

y no sabíamos qué quería decir, así que lo buscamos en Internet y descubrimos que es una sociedad secreta que no es tan secreta porque cualquiera puede encontrarla en Internet. Penoso

Entonces decidimos inventarnos un nombre mejor que "Calavera y Huesos" o "Planta y Jardín". Es que es muy tonto. Nunca hubiese imaginado el montón de presidentes que han pertenecido a sociedades secretas.

Que sepamos...

Necesitamos un nombre que nos diga algo.

¿Y algo así?

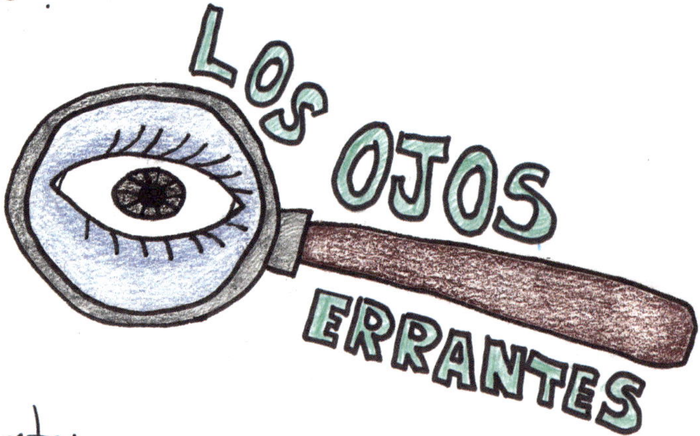

Da un poco de miedo

Vale, entonces esto:

¿CCC? Cumbre de la Celebridad en el Colegio. Como si este año fuese una montaña que tenemos que escalar para conseguir la celebridad en el colegio.

Es raro.

Bueno, entonces:

A y M

Me gusta

Observaciones iniciales sobre:

LAS CHICAS MÁS POPULARES

del Colegio de Educación Primaria Stephen Decatur Sr.

Gretchen Meyer

Lleva un mechón rubio en el pelo. Parece que vaya maquillada, aunque a lo mejor es solo cacao de cereza.

¿Y a nosotras por qué no nos queda igual el cacao de cereza?

Tiene una hermana mayor de la edad de Melody, y no se llevan bien (la hermana de Gretchen y Melody) (la verdad es que no es de extrañar que no le caiga bien) (a la hermana de Gretchen).

Los padres de Gretchen son los propietarios de la tienda de alquiler de motos acuáticas del lago.

Lisa Kovac

Vive con su madre, que está muy pero que muy flaca.

Lisa tiene un móvil que hace fotos y vídeos y que tiene Internet.

Siempre está hablando de diferentes champús y productos para el cuidado de la piel.

JANE ASTLEY

Siempre consigue el papel protagonista en las obras del colegio, aunque Lidia canta **mucho** mejor.

¡Una injusticia! Su madre es tan risueña como ella, pero su padre manda e-mails desde la PDA durante todos los actos del colegio.

Mi madre cree que es muy maleducado.

Papá también lo piensa.

Nunca puede estar de pie como una persona normal.

Sukie Thoms

¿Qué lleva en esos bolsillos?
¡Es un misterio!

Muy misteriosa. Muchas veces no viene a clase y siempre la trae y la recoge un coche negro
No, verde oscuro, oscuro misterioso. A lo mejor está en el programa de protección de testigos.
MISTERIO. Otras chicas populares se muestran muy protectoras con ella.
Tranquila. Tranquila y llena de misterioso misterio.
Está en el equipo de jóquey sobre hierba.
Un deporte misterioso.
No tengo ni idea de cómo se juega.
Imagínate si es misterioso.

BUENOS SITIOS PARA LAS

OBSERVACIONES

(1) Ensayos para el musical del colegio

Yo me encargo de eso.

(2) Equipos deportivos: principalmente jóquey sobre hierba, por Sukie

No tengo ni idea de cómo se juega a jóquey sobre hierba.

Supongo que tendrás que aprender. Ya veremos.

(3) El concurso de talentos

Tenemos que idear un número para mí.

(4) El lago

No soy muy buena nadadora.

Tenemos que emplearnos a fondo.

Experimento n.º 1

Mechón rubio

Hemos observado (ver página de Gretchen) que Gretchen lleva un mechón rubio en el pelo, así que vamos a probar a teñir un mechón rubio en el pelo de Lidia.

Aunque mi pelo ya es rubio

Es imposible que papá me deje teñir el pelo, pero tu madre deja que Melody se lo tiña de negro.

Mamá no deja que Melody haga nada, pero Melody lo hace igualmente.

Deberíamos preguntarle cómo hacerlo.

Así que le preguntamos a Melody qué tendría que hacer alguien para teñirse el pelo.

Lo dijimos de esa manera en lugar de decir "¿Qué tendría**MOS** que hacer para teñir**NOS** el pelo?" para que no pudiese contárselo a la madre de Lidia, porque podríamos haber estado hablando de cualquier persona. ¡Podría haber sido hablar por hablar!

Melody nos contó que, si una persona quiere teñirse el pelo de un color más claro, necesita lejía.

Litia, ¿de verdad
quieres probarlo?

¡¡¡Sí!!!

¿Pero de dónde vamos
a sacar el tinte?

Melody ha dicho que no
necesitamos tinte, solo lejía.

¿De dónde vamos a sacar la lejía?

Mi madre tiene debajo del
fregadero de la cocina.

No creo que haya que utilizar ese tipo
de lejía. Yo creo que necesitamos una
lejía especial.

No seas boba, solo tenemos que usar
un montón de acondicionador y
mi pelo quedará bonito y suave.

Vas a oler como el armario
del conserje.

Sábado por la noche

Como preparativos para el EXPERIMENTO DEL TINTE, tenemos

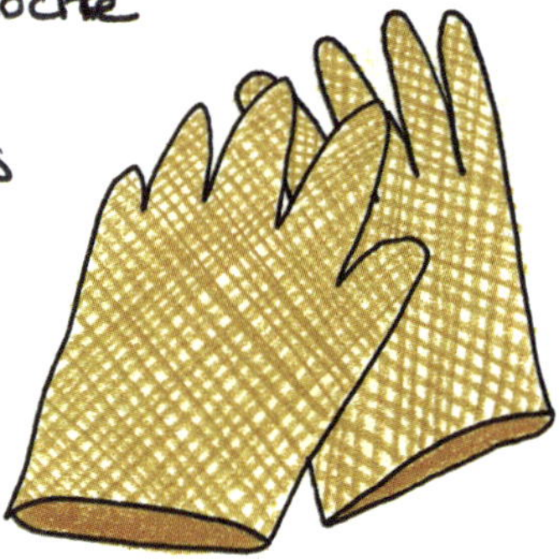

los guantes de goma de fregar de mi madre

Y

lejía del armario de debajo del fregadero de nuestra cocina, y un pincel de cocina que utilizaremos para aplicar la lejía en la cabeza de Lidia (la mía).

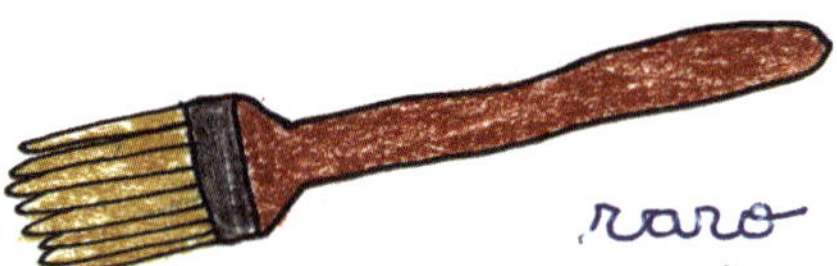

Y lugares posibles para blanquear en la cabeza de Lidia

raro

Copiando a Gretchen

¡Perfecto!

¡Oye!

Pusimos la lejía justo encima de la cabeza de Lidia y seguimos las instrucciones que encontramos en una caja de tinte que había tirado la madre de Lidia.

Casi inmediatamente, Lidia empezó a sentir que le quemaba, por lo que sabíamos que estaba funcionando.

Como dice la madre de Lidia,

Pero yo avisé de que eso suele decirlo cuando nos lleva a comer helado y NO se compra uno para ella, NO cuando siente como si le estuviese ardiendo una parte de la cabeza.

10 minutos después.

Vale, ese experimento no ha sido todo un éxito.

¡¡¡Estoy calva!!! ¡¡¡Se me ha caído el pelo!!!

Tienes una calva minúscula. El pelo volverá a crecer. Probablemente.

¡¡¡La piel está roja y con bultos y duele!!! Así que mientras Lidia se va corriendo a buscar a su madre, voy a dibujar algunas maneras posibles para tapar su pequeñísima calva roja con bultos.

¡Cielos!, la señora Goldblatter está GRITANDO.

LIDIA ANTES DEL NUEVO CORTE DE PELO
Calva
Llora porque la señora Goldblatter le ha estado gritando dos horas seguidas.
¡Y porque me duele la cabeza!
LIDIA DESPUÉS DEL NUEVO CORTE DE PELO
Pelo a capas para tapar la calva
¡Contenta!
Creo que me has dibujado más contenta de lo que estoy.
¿No estás contenta de que hayamos aprendido algo nuevo?
Cierra el pico.

Lunes

¡¡¡Todo el mundo me está mirando la calva!!!

Nadie puede verla. La hemos tapado bien.

Lisa se ha dado cuenta y, claaaaaro, ha tenido que hacer un comentario.

¿Qué ha dicho?

"Bonito corte de pelo."

A lo mejor le gusta tu nuevo peinado.

No creo.

OBSERVACIÓN n.º 2

SUKIE THOMS TIENE UNA AFICIÓN

¿Has visto lo que estaba haciendo Sukie en el autobús esta mañana?

No, esta mañana en el autobús yo estaba haciendo los deberes de mates. ¡Julia! ¡¡¡Se supone que tienes que estar observando!!!

Siento mucho no estar dispuesta a suspender mates por no quitarle el ojo de encima a Sukie. ¿Qué estaba haciendo? Creo que estaba tejiendo un gorro.

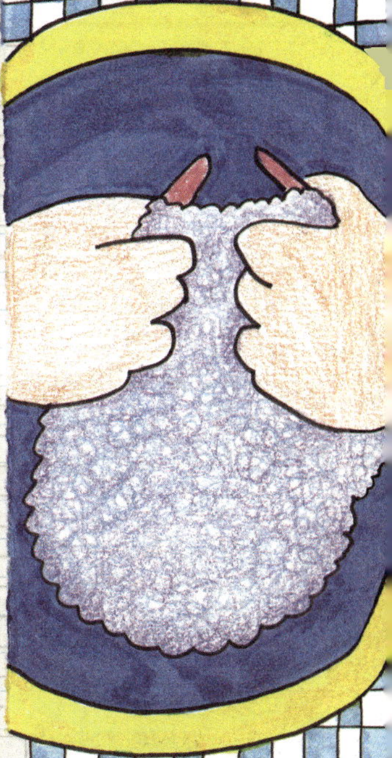

A lo mejor podrías pedirle que te tejiera un gorro.

¿Y por qué iba a necesitar yo un gorro?

No, por nada.

Experimento n.º 2

El punto a punto

muy lista

Como hemos observado a Sukie haciendo punto, hemos decidido aprender a tejer. Cuando sepamos cómo se hace, será más fácil acercarnos a Sukie para observarla de cerca.

Como en casa de Lidia el ambiente sigue enrarecido con su madre, le preguntamos a mi padre si nos ayudaría a aprender a hacer punto. Él no sabe tejer, pero nos llevó a la tienda de los hilos.

La señora de la tienda de los hilos era agradable, pero nos hacía tocar las madejas todo el rato.

La gente que teje llama "madejas" a las bolas de hilo.

Vamos a ser unas tejedoras estupendas: ya dominamos hasta el argot.

La señora de los hilos nos lo explicó todo sobre los distintos tipos de agujas:
Tenemos de metal, bambú, plástico, circulares...
¿Hay algunas que vayan a pilas y que puedan tejer un jersey por ti?
Qué mona eres. No.
Y nos enseñó un libro sobre
CÓMO HACER PUNTO
No lo entiendo mucho.
No lo entiendo nada.

Por supuesto, papá nos obligó a hacer un juramento antes de comprarnos los materiales:

Octubre

¡Vamos a hacer punto!

¡Tenemos agujas de tejer e hilo!

¡Prácticamente, ya hacemos punto!

Vale, según el libro de punto, lo primero que tenemos que hacer es "montar los puntos", que significa que tenemos que enhebrar el hilo en la aguja.

Paso 1: Hacer un nudo corredizo.

Por ahora, tejer está chupado.

¡Tendremos el jersey que le prometimos a papá en un santiamén!

¡Y tanto!

Paso 2: Meter el nudo corredizo en la aguja.

Así.

Paso 3: Montado doble.

Sujetar el hilo de esta manera

Vale.

Después, hacer esto.

¿Qué?

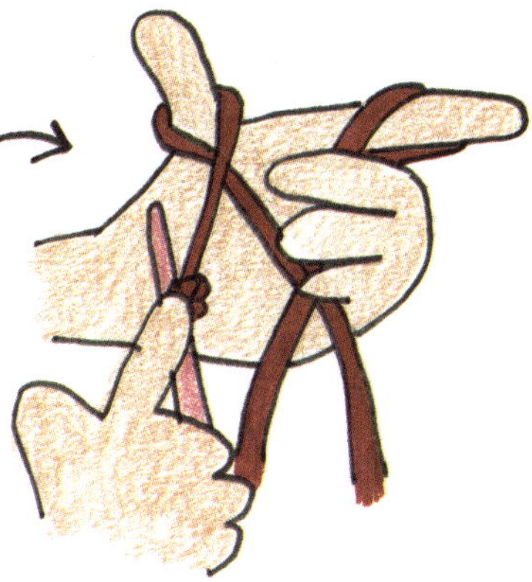

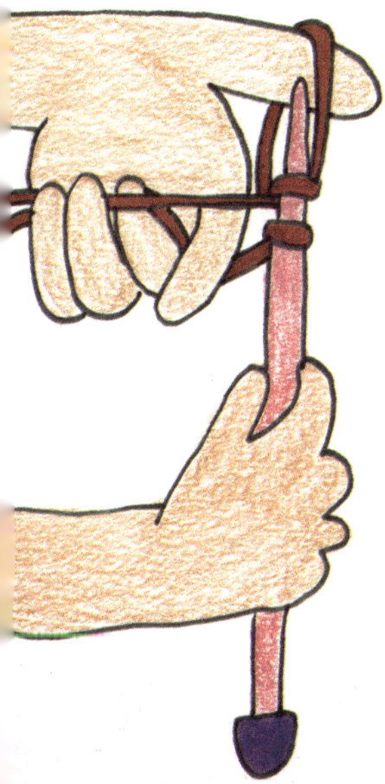

Después, esto.

Me tomas el pelo.

Inténtalo. ¡Inténtalo tú!

Es más difícil de lo que parece.

¿Y si hacemos una trenza con el hilo y ya está?

¿Cómo vamos a tejer un jersey con una trenza?

Intentamos hacer un montado doble durante una hora más o menos. Cuando acabamos, nos quedó algo así:

Que no se parecía en nada a la foto del libro.

Así que decidimos tomarnos un descanso para aclararnos las ideas (y comer algo), y cuando volvimos nos encontramos esto.

Nunca acabaremos de desenredar el hilo.

Ahora entiendo por qué tu padre llamó Gata Mala a vuestra gata.

Cierto.

Conseguimos desenrollar todo el hilo de Gata Mala (¡me mordió!) (¡¡¡es <u>mala</u>!!!) y ahora vamos a esconder las cosas de tejer en casa de Lidia (para que la gata de Julia no pueda comérselas) (y para que papá no vea que no hemos sido capaces de enhebrar el hilo en la aguja).

Pero ahora mismo no tenemos tiempo para averiguar cómo hacer punto porque ha llegado la

¡¡¡HORA DE LA AUDICIÓN PARA EL MUSICAL DEL COLEGIO!!!

¡Papá me matará! ¡Volveremos a lo del punto más tarde!

Todos los años, Lidia se presenta a las audiciones esperando conseguir un estupendo papel protagonista...
...Y todos los años Jane Astley consigue el papel protagonista y a Lidia le toca un pequeño papel que, en principio, iba a interpretar un chico.

OBSERVACIÓN n.° 3

La canción que Jane cantó en la audición del año pasado era del musical "Wicked". Lidia cantó "Wouldn't It Be Lovely?", de "My Fair Lady", que todo el mundo había escuchado ya un millón o un billón de veces.

¡Es que tenía la partitura!

¡¡¡Pero la has utilizado para las audiciones de los 3 últimos años!!! ¡¡¡Es un clásico!!!

Así que pensamos que

Canción más nueva y más emocionante + la increíble voz de Lidia = ¡UN PAPEL MEJOR!

Para encontrar una canción nueva para Lidia hicimos un sondeo (significa "preguntamos") entre varias personas para que nos sugirieran canciones creativas.

Hemos analizado las canciones. La de Melody dura casi 7 minutos y no tiene ni pies ni cabeza. Melody es muy rara.

A mí me gustó la sugerencia de la madre de Lidia, pero entonces nos acordamos de que fue ella la que sugirió "Wouldn't It Be Lovely?" hace tres años. Y ya sabemos lo bien que salió...

La canción de papá era perfecta. Tan perfecta que Jane la cantó el año pasado.

NO ES JUSTO.

Hemos decidido ignorar las sugerencias del amigo del señor Graham porque ninguno de los dos paraba de reír mientras se le iban ocurriendo. No nos fiamos mucho de ellos.

Es como aquella vez que papá nos ofreció hígado picado. Entonces también le entró la risa tonta.

¡ESTABA ASQUEROSO!

Entonces papá sugirió la canción del anuncio del Reino del Colchón porque siempre estamos cantándola por toda la casa. No vamos a volver a hacer caso al señor Graham.

Estoy de acuerdo. Aunque aún tenemos que hacerle un jersey.

He decidido que cantaré "Sola yo", de "Los Miserables". Es un musical sobre ser miserable durante la Revolución francesa. Es una canción muy adulta.

OBSERVACIÓN n.º 3 y medio

(aún sobre la audición de Jane del año pasado)

Jane siempre va muy, muy femenina, y probablemente por eso consigue papeles de mujer.

Lo que tenemos que hacer es asegurarnos de que a Steve, el director, se le meta en la cabeza que soy una niña a la que debe darle un papel de niña. ¡Eso!

COSAS QUE HACEN QUE LAS CHICAS SEAN FEMENINAS

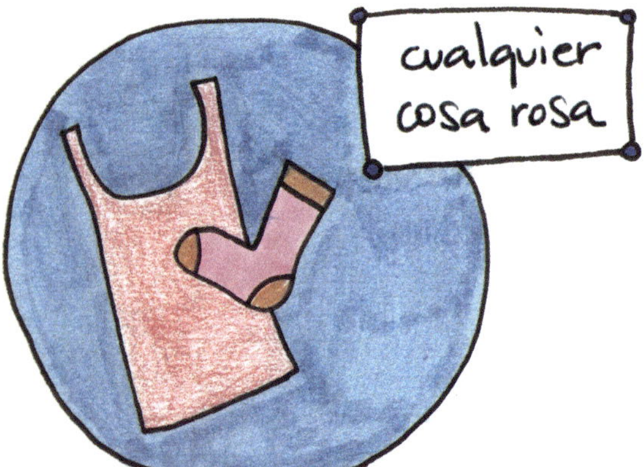

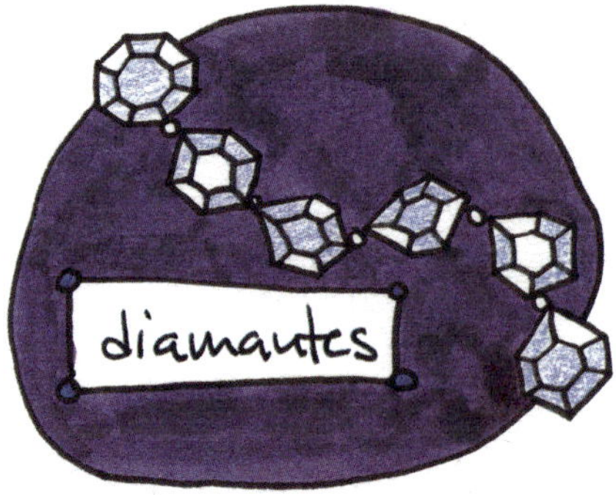

¡Son los mejores amigos de una chica!

Pensaba que yo era tu mejor amiga.

¡Es la frase de una canción!

LA TRANSFORMACIÓN DE LIDIA

Una semana después...

Así que estábamos convencidas de que Lidia sería la elección obvia para el papel de María (el papel protagonista femenino de "Sonrisas y lágrimas"). La ropa, la canción...

¡¡¡Esa estúpida canción!!!

Es una canción muy popular. Al parecer.

OTRAS CUATRO CHICAS CANTARON LA MISMA CANCIÓN.

Y entonces ocurrió. Fue horrible.
SALIDA
SALIDA
Me entró el pánico y solo podía recordar una canción que no fuese la que todo el mundo había interpretado ya.

Cuando necesites un delicioso sueeeño...
Cuando necesites esa deliciosa sensacióóóón...
¡Ven al Reino! ¡Al Reino del Colchóóóón!
Steve, el director
La señora Finch, la ayudante del director.

¡Anoche Steve, el director, llamó a mamá para decirle que no me había vestido adecuadamente para ir al colegio!

¡No fastidies!

¡Y le dijo que la canción que había elegido era muy rara!

Eso ya nos lo esperábamos, la verdad.

¡¡¡Tu padre me metió esa canción en la cabeza!!! ¡Después mamá me dijo que no puedo maquillarme hasta los 13! No es que quisiera ir maquillada a todas horas, pero quería tener la posibilidad de maquillarme.

¿Y en Carnaval?

¡Y yo qué sé!

¡Buenas noticias! ¡Lidia ha conseguido un papel en Sonrisas y lágrimas!

No es la protagonista.

Va a estar en el coro de monjas.

Ni siquiera tiene diálogo.

Por lo menos haces de chica.

Yupi.

Yo formaré parte del personal técnico.

Lo bueno de que Lidia sea una monja

¡No soy una monja, solo interpreto el papel de una monja! Vale.

Lo bueno de que Lidia interprete el papel de una monja es que puede observar de cerca a Jane, que tiene el papel protagonista, y a Gretchen, que interpreta el papel de la baronesa.

OBSERVACIÓN n.º 4

TODAS LAS CHICAS POPULARES TIENEN

Aunque los alumnos no podemos llevar el móvil al colegio, nos hemos dado cuenta de que Sukie tiene el suyo encima del pupitre frente a la señora Mulligan y que, aun así, nunca le dicen nada.

Vamos a pedirles un móvil a nuestros padres, y se nos han ocurrido buenos argumentos sobre por qué lo necesitamos:

1. El mundo es intenso y, si tenemos móvil, ¡nunca nos perderemos! Una verdad como un templo.

2. Podremos usar el móvil para saber qué tiempo va a hacer (¡si el móvil tiene acceso a Internet!) ¡Qué útil!

3. ¡Podemos utilizar los móviles como linternas!

A pesar de nuestros cuidadosos preparativos, nuestras bien ensayadas peticiones fueron denegadas.

¿Y puedes explicarme cómo vas a pagar las facturas de tu móvil?
Pero mamá...
¿Acaso vas a usar la planta del dinero del patio?
Pero mamá...
Porque ya lo hice yo para pagar tu corte de pelo.
¿Tenemos una planta del dinero en el patio?
Tú no te metas, Melody.

Como pedir un móvil no ha funcionado (ni de lejos), hemos ideado

UN PLAN

Problema: nuestros padres creen que no necesitamos móvil, así que no nos dejarán tener uno.

Solución: ¡demostrarles que lo necesitamos!

Si nuestros padres no pueden encontrarnos, ¡verán lo útil que es el móvil!

Así que vamos a fugarnos de casa por muy, muy, muy poco tiempo.

Ni siquiera vamos a fugarnos, vamos a alejarnos de casa.

A apartarnos ligeramente de casa.

A quedarnos a unos pasos de casa.

Si estamos lejos de casa el tiempo suficiente para que nuestros padres se preocupen, se darán cuenta de que, por nuestra propia seguridad, necesitamos un móvil. ¡Cierto! Ahora lo único que tenemos que resolver es

¿A dónde ir?

¿Y si vamos a la biblioteca?

No, que los bibliotecarios siempre son muy cotillas. Tenemos que ir a algún sitio donde nadie vaya a llamar a nuestros padres.

¿El centro comercial?

¿Y cómo llegamos hasta allí?

~~Papá podría llevarnos~~

¿Y si vamos a casa de alguien y ya está?

Será lo mejor. Pero ¿de quién?

¿Alguien cuyos padres no tengan el teléfono de nuestros padres?

Eso. Vamos a tener que darle algunas vueltas al tema.

OPCIÓN A

Michelle Jacks

Simpática y vive cerca del colegio. Pero su madre está en el club de lectura de mi madre.

Caca.

OPCIÓN B

Bernice Wyatt

Vive cerca de tu parada del autobús. Me llamó "Goldwáter" en gimnasia porque intentaba impresionar a Lisa Kovac. Y además suele oler a bocadillo de jamón.

OPCIÓN C

Gretchen Meyer

Sí, claro.

Sería una forma genial de observarla.

¡Siguiente!

OPCIÓN D

Roland Asbjørnsen

El niño nuevo del colegio.

Tiene un acento raro.

Muy simpático.

Vive cerca del colegio.

¡Podría funcionar!

Diciembre

¿Estabas hablando con Roland?

Sí, le he pedido ayuda con los deberes de mates.

Pero si se te dan bien las mates...

¡Era una excusa para hablar con él!

¡Claro! ¡Qué burra! ¿Qué te ha dicho?

Me ha costado algo entenderle, pero creo que estamos invitadas a su casa después del colegio para que nos ayude con las mates.

Pero yo no necesito ayuda con las mates.

¡Julia! ¡¡¡El Plan!!!

¡Ay!

Así que después del colegio fuimos a casa de Roland, donde su madre nos contó que su familia viene de

Noruega se parece un poco a una jirafa pequeña sin patas.

A la señora Asbjørnsen le emocionó que Roland tuviese nuevos amigos y nos abrazó. Mucho.

¡Nos abrazó un montón!

Es una mujer muy fuerte.

Ya lo veo.

Vimos cómo apretaba un tubo que parecía pasta de dientes del que salía algo que ponía sobre una galleta ¡y luego se lo comía!

La pasta de dientes olía a pescado

¡QUÉ RARO!

OTRAS OBSERVACIONES
A la señora Asbjørnsen le gustan mucho los troles.
Los colecciona.
Tiene un montón.
Están por toda la casa.
¡Nos están mirando!
¡Ahhhhhhhh!

Parecía que todo marchaba bien. La madre de Roland no nos hizo comer la pasta de pescado apestosa y al final acabamos ayudando a Roland con algunos de los problemas de mates más difíciles.

Estábamos seguras de cómo reaccionarían nuestros padres cuando llegásemos a casa.

En realidad no sucedió así.

El experimento no fue un fracaso total: ahora sabemos que tenemos que volver después de las 16.30.

Eso. APRENDE MEJORA

Al día siguiente

¡Roland me acaba de decir que su madre quiere que nos quedemos a cenar!

¿Qué vamos a hacer?

Pues ir, claro.

¿Claro? ¡¡¡Lo que está claro es que tendremos que cenar pasta de pescado apestosa!!!

La señora Asbjørsen probablemente come otras cosas, aparte de pasta de pescado.

¿PROBABLEMENTE? ¿QUÉ "COSAS"?

Julia, ¡es nuestra oportunidad para que nuestros padres se preocupen y podamos conseguir un móvil!

Vale. Pero yo me llevaré un sándwich de crema de cacao por si acaso.

¿Te lo comerás en el baño?

Si es necesario...

EL PLAN 2.ª PARTE

1. Vamos a ir a cenar a casa de Roland.
Problema: ¿cómo volveremos a casa?
Estará oscuro para volver caminando
y mi padre **SE SUBIRÁ POR LAS PAREDES.**

2. Le decimos a los Asbjørnsen que los coches de nuestros padres están averiados y que tienen que llevarnos a casa.
¿Los dos coches al mismo tiempo?
Podemos decirles que el coche de tu padre se estampó contra el coche de mi madre. Eso es mucho mentir.
Confía en mí, ¡funcionará!

3. Llevamos sándwiches de crema de cacao por si la madre de Roland nos hace comer algo raro.

COSAS DE LAS QUE NOS HEMOS ENTERADO EN nuestra cena con los ASBJØRNSEN

1. Roland tiene dos hermanos mayores.

Peder

Va al último curso de Secundaria.
Quiere que le llamen "Pete", pero su familia sigue llamándole Peder.
Es monísimo.

Anders

Trece años.
¡Conoce a Melody!
Dice que es "guapa y agradable", así que está como una cabra.

El padre de Roland se llama
THOR
La señora Asbjørnsen nos contó que Thor es el nombre del dios nórdico del Trueno y que lleva un martillo que se llama Mjolnir ¡que puede lanzar rayos!

La verdad es que la cena estuvo muy bien.

¡Cenamos hamburguesas!

La señora Asbjørnsen dijo que se llaman "Karbonader".

Como se llamen.

No tuviste que comerte un sándwich blando de crema de cacao sentada en un váter.

No veas qué alivio.

El postre estaba riquísimo.

Yo no lo probé.

Se llamaba "Jordbærrullekake".

Yo lo llamo "Pastel Mortal de Fresas de la Muerte". Una pena que no pudieses probarlo.

A pesar de la Jordbaerrullekake (¡las palabras noruegas son una locura!), nos lo pasamos muy bien en casa de los Asbjørnsen.
¡La señora Asbjornsen se ofreció a llevarnos a casa, por lo que no tuvimos que mentir sobre los coches de nuestros padres! Y a las ocho de la tarde, más o menos, nos llevó a casa. Primero fue a la mía.
Entonces es cuando el plan se FUE A PIQUE.

Primero llegaron los abrazos. Eso estuvo bien.

Estaban muy preocupados y empecé a sentirme mal.
Pero pensábamos que nuestro plan estaba funcionando.

Y entonces llegó **EL ENFADO.**

CUANDO HE LLAMADO A CASA DEL SEÑOR GRAHAM Y ME HA DICHO QUE NO ESTABAIS ALLÍ, CASI ME DA ALGO.
¡Disculpas mías! ¡Yo pensaba que sabían dónde las chicas estaban! ¡Me siento terrible!
Me has decepcionado mucho.
Fue horrible.

Entonces la señora Goldblatter se llevó a Lidia a casa. Papá me mandó a mi habitación mientras mantenía una larga charla con la señora Asbjørnsen.

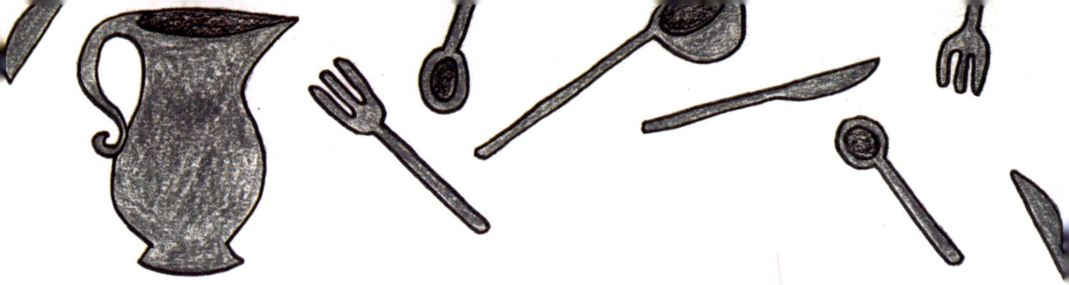

Papá me ha castigado sin televisión una semana y además me obliga a escribir cinco "haikus" sobre lo mal que me he portado.

Mi madre estaba <u>enfadadísima</u>. Tengo que limpiar toda su vajilla de plata. Y una jarra.

No tenía ni idea de que tuviese una vajilla de plata.

Melody me contó que solo la tiene para utilizarla como castigo. No puedo creer que hayamos pasado por todo eso y que sigamos sin móvil.

Papá me ha dado su viejo móvil.

¿¡¿Qué?!?

EL MÓVIL (viejo, muy viejo, de papá) NUEVO DE JULIA

Gata Mala ha mordisqueado toda la antena

La pantalla no funciona, así que no sé quién me llama y no puedo llamar a nadie a no ser que me sepa el número de memoria

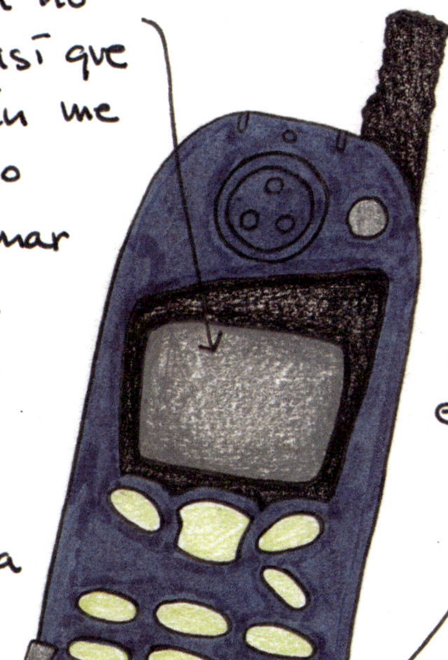

el teléfono está pegado con celo

los números de los botones se han borrado

¿No estás hipercelosa de mi móvil superalucinante?

Vale, no mucho.

MIS 5 "HAIKUS" DEL PERDÓN

Un "haiku" es un tipo de poema japonés. Tiene solo tres versos (por suerte, sobre todo cuando tienes que escribir nada más y nada menos que CINCO). El primer verso tiene que tener 5 sílabas, el segundo 7 y el tercero es como el primero.

No fui a casa,
sino con los Asbjørnsen.
Su padre es Thor.

No te expliqué
que estaba con noruegos.
¡Ay, no lo hice!

Papá nervioso,
y la madre de Lidia,
qué disgustados.

Me porté muy mal,
o terriblemente mal,
muy mal o fatal.

Lo siento mucho
pero mucho, mucho, ¿eh?
Mucho lo siento.

Así que nuestro (quizá no tan bien pensado) plan no salió muy bien.

Yo no conseguí un móvil y el de Julia no mola nada DE NADA.

Tiene un cierto encanto retro. No lo tiene.

Pero hemos aprendido que los EXPERIMENTOS QUE HACEN QUE NUESTROS PADRES SE PREOCUPEN SON

Muy MALA IDEA

= ¡Jamás volveré a limpiar la apestosa vajilla de plata!

Así que vamos a centrar nuestras energías en observar durante los ensayos del musical.

Después de las vacaciones de Navidad.

Enero

ALGUNAS OBSERVACIONES

1. La madre de Jane viene mucho a los ensayos y le gusta sugerirle cosas útiles a Steve, el director.

2. Steve, el director, parece algo molesto con la madre de Jane.

3. Igual que Jane.

OTRA (probablemente más útil)

OBSERVACIÓN

Gretchen y Jane hablan de chicos.

TODO EL RATO

Normalmente no podemos oír lo que dicen. Pero sabemos que están hablando de chicos cuando empiezan a susurrar.

Les hemos oído decir algunos nombres, pero no estamos seguras de si a Gretchen y a Jane les gustan los chicos o si los odian.

¡DEBEMOS enterarnos!

Si les gustan chicos que a nosotras no nos gustan, ¿tendrán que empezar a gustarnos? No lo sé. ¿A lo mejor?

Los CHICOS

CHICO N.º 1 — Michael Cavelleri

Estamos bastante seguras de que a las Chicas Populares les gusta Mike, aunque es un imbécil integral.

Él es el que empezó a llamar a Lidia "Goldváter" en tercero.

LE ODIO.

A estas alturas va a ser muy difícil ver su lado bueno.

CHICO Nº 2

Ross Denenberg

Amigo de Mike Cavelleri, aunque nunca ha llamado "Goldváter" a Lidia. Es muy majo.

Es superalto y la señora Mulligan siempre le pide que le coja los libros de las estanterías más altas.

Me podría gustar si tuviese que gustarme, aunque vaya con Mike.

A mí también. Si tuviese que gustarme.

Es un alivio.

CHICO Nº 3

Jamie Burke

No estamos muy seguras de que a las Chicas Populares les guste mucho Jamie.

Es tonto de remate.

Ayer se metió 14 minirosquillas de azucar glas en la boca.

A lo mejor si hablamos en voz alta sobre lo penoso que es podemos empezar una conversación con Gretchen.

¿Eso no sería cruel?

No creo que a Jamie le importe lo que la gente piensa de él.

CHICO/HOMBRE Nº 4

El señor Peters

El otro profesor
de sexto.
Las Chicas Populares
hablan de él

TODO EL RATO.

Lleva vaqueros a
clase por lo menos
una vez a la semana.

Michelle Jacks va a su
clase y dice que es muy
agradable.

Tiene una barba muy pequeña
justo debajo del labio de
abajo que le queda genial.

¿Ah, sí? Digo yo.

¿Estás nerviosa porque se acerca la

NOCHE DEL ESTRENO?

No mucho.

Pero habrá un montón de gente mirándote.

No, habrá un montón de gente mirando a Jane. Yo soy solo una monja en segundo plano.

¿Y si la lías?

¿Estás intentando ponerme nerviosa?

No, no, solo estoy nerviosa por ti.

Así tú no tienes que estarlo.

Pues... ¿Gracias?

¡De nada!

¡LA NOCHE DEL ESTRENO!

¡Jane se rompió la pierna en un extraño accidente durante un rodeo!

Y como Lidia había memorizado todas las frases, canciones y bailes de Jane, ¡ella tuvo que interpretar el papel principal!

Todo el mundo estaba supernervioso temiendo que Lidia metiese la pata, ¡pero su impecable interpretación los dejó boquiabiertas!

Gretchen y las demás Chicas Populares estaban muy agradecidas e impresionadas, pero no tan impresionadas como

¡LOS PRODUCTORES DE BROADWAY QUE HABÍA ENTRE EL PÚBLICO!

¡Y entonces pasó un unicornio! ¡¡¡Y vomitó un tesoro pirata!!! ¡Y en cuanto saquemos el oro y lo limpiemos, las dos seremos ricas y famosas!
Puaj... pero gracias.
Lo siento. Y no hay de qué.
Vale, esto es lo que pasó en realidad...

¡LA NOCHE DEL ESTRENO!

Lidia hizo de monja y cantó muy bien.

La madre de Jane estaba supercontenta con su actuación.

Yyyyy el señor Peters estaba entre el público...

¡Con su NOVIA!

Yo estaba entre bastidores, así que no la vi.

Yo tampoco. Gretchen y Jane la reconocieron porque los habían visto juntos en el lago. Dijeron que no es pelirroja natural, que tiene un tatuaje y que su vestido era horrible. Si no hubiera estado todo el tiempo apartándome la toca de los ojos podría haber visto el tipo de vestidos que no hay que llevar.

¿Llevó un vestido al lago?

Al lago no, ¡a la función! A lo mejor la encontramos en Internet. ¿Tu padre nos dejará usar su ordenador?

Quizás.

LAS NORMAS DE PAPÁ PARA NAVEGAR POR INTERNET

1. NADA DE INTERNET SIN PERMISO.
2. NADA DE INTERNET A NO SER QUE HAYA UN ADULTO EN LA HABITACIÓN.
3. EL ADULTO QUE ESTÉ EN LA HABITACIÓN SE RESERVA EL DERECHO DE APAGAR EL ORDENADOR EN CUALQUIER MOMENTO.
4. EL ADULTO QUE ESTÉ EN LA HABITACIÓN SE RESERVA EL DERECHO DE HACER COMENTARIOS SOBRE CUALQUIER COSA QUE ESTEMOS MIRANDO.

A lo mejor deberíamos ir a la biblioteca...

SÍ.

Ir a la biblioteca a navegar por Internet puede ser un verdadero peñazo.

Primero, porque siempre está el Chico Chungo jugando al solitario sin parar.

Y después por la Bibliotecaria Alegre, que siempre mete las narices en lo que hace todo el mundo.

Pero conseguimos conectarnos y entonces empezamos nuestra búsqueda:

LIDIA GOLDBLATTER, DETECTIVE INTERNAUTA

Primero escribimos

NOVIA DEL SEÑOR PETERS

Y nos salieron un montón de artículos que contenían las palabras "señor", "Peters" y "novia".

¡Pfff! Entonces escribimos

"NOVIA DEL SEÑOR PETERS"

Porque hay que escribir entre comillas.

Eso que hemos aprendido. Y esa búsqueda nos llevó a NINGUNA PARTE.

Así que lo más probable es que necesitemos el nombre de pila del señor Peters.

O el nombre completo de su novia. Dejémoslo y busquemos fotos de cachorritos.

¡Te rindes demasiado pronto!

A la impresora de la biblioteca no le caigo bien.

¡IDEAS BRILLANTES PARA AVERIGUAR EL NOMBRE DE PILA DEL SEÑOR PETERS O EL NOMBRE COMPLETO DE SU NOVIA

1. ¿Preguntárselo?

¿Y cómo se supone que voy a hacerlo?

2. ¿Ir al lago y esperar a que aparezca su novia?

OBSERVACIÓN
Nadie va al lago en febrero.
¿Estáis ya, señoritas? Os acompañaría, pero resulta que ¡NO TENGO JERSEY PARA PROTEGERME DEL FRÍO!
Espero que haga más calor en el Valle de Buck el mes que viene. Y yo.

EL VALLE DE BUCK

Todos los años, la clase de sexto se va una semana de colonias al Valle de Buck para dormir en bungalós y aprender cosas sobre la naturaleza.

Cuando fue Melody dijo que era horrible y un poco más y vuelve a casa antes de que acaben las colonias. Mamá me contó que no le gustó la gente que le tocó en el bungaló.

¿Crees que nos pondrán en el mismo bungaló?

¡A lo mejor compartimos bungaló con Gretchen! Lo sabremos cuando nos asignen las habitaciones.

¡¡¡No te vas a creer lo que me ha comprado mi madre para el viaje al Valle de Buck!!!

LA

Mariquita

¡UN MÓVIL PARA NIÑOS!

¡Es horroroso! ¡Parece como si estuviese hablando por un enorme bicho de plástico! Ya puestos, ¡podría ir al colegio con pañales!

¡¡¡Los botones son gigantescos!!!

¡No puedo salir a la calle con esto!

¿Y si lo pintas de negro? O de azul oscuro, para que parezca un escarabajo. Los escarabajos molan, ¿no?

¡¡¡En el antiguo Egipto a lo mejor!!!

Solo intento ayudar. Por lo menos sabes a quién estás llamando.

No sé por qué te quejas. Al fin y al cabo, yo soy la única persona a la que ibas a llamar.

Marzo

Hemos hecho las maletas y estamos listas para irnos al

¡Valle de Buck!

Nos hemos asegurado de coger:

1. Crema hidratante corporal perfumada: no queremos que hablen de nosotras como "esas chicas apestosas y resecas".

2. Bolis, lápices de colores, rotuladores y pegamento, porque tenemos que ¡Observar y Registrar!

3. Una funda de almohada extra en la que esconder El Manual.

4. Melody dijo que llevásemos calcetines y ropa interior de más y que lo escondiésemos todo.

No puedes creer nada de lo que dice Melody.

Es tan rara...

LA ASIGNACIÓN DE LAS CABAÑAS

Tienes tanta suerte que casi te odio.

CABAÑA DE JULIA	CABAÑA DE LIDIA
Gretchen Meyer Qué potra Lisa Kovac También potra Bernice Wyatt A lo mejor no tanta potra	Deirdre Nutter, capitana del equipo de jóquey sobre hierba. Maxine Harrington, también del equipo de jóquey sobre hierba. Eve Eaton ¡¡¡También del equipo de jóquey sobre hierba!!!

¡Vas a observar y participar! ¡A mí no me quedará más remedio que escuchar aburridas conversaciones sobre jóquey sobre hierba!

¿Sukie no está en el equipo de jóquey sobre hierba?

Pero no está en mi cabaña, así que ¡qué más da!

A Roland le ha tocado en la cabaña de Jamie Burke.

EL VALLE DE BUCK
Cabaña de Julia
camino del lago
Habitaciones de los profesores y baños
Comedor
Zona de hogueras
Cabaña de Lidia
Oficinas de administración
Enfermería y baños
Zona del circuito de cuerdas
1
2
3
4
5
6
7
8
9
10
11
12
13
14
15
16
17
18
19
20
21

En cada cabaña hay dos literas. Gretchen está en la cama de encima de Lisa. (Lisa ha insistido en quedarse con la de abajo porque le dan miedo las alturas, cosa bastante ridícula. ¿Le entra un ataque de pánico cada vez que sube por las escaleras?) Yo estoy en la otra cama de arriba, así que quay, porque siempre he querido dormir en una litera. Bernice está debajo de mí y no deja de hablar con Gretchen y Lisa sobre lo bien que se lo van a pasar.

Es muy plasta.

¡Nos han asignado los sitios en el comedor! ¡Qué rollo!

¡Tampoco nos ha tocado la misma mesa!

A mí me ha tocado con Sukie y Lisa.

Yo estoy con Roland y Michelle, así que no me quejo.

La señora Mulligan está en mi mesa.

Se me hace raro verla con vaqueros y botas de montaña.

¿Verdad que sí? Incluso es raro verla comer.

LAMENTABLE NOTA ESCRITA DURANTE LA CHARLA SOBRE SEGURIDAD EN EL CIRCUITO DE CUERDAS

Bernice se ha pasado TODA LA NOCHE roncando.

¿Toda la noche? ¿Has estado despierta todo el rato?

Mucho rato. Estoy hecha polvo.

Yo también estoy cansada. ¡Las chicas del equipo de jóquey sobre hierba estuvieron jugando a juegos de mesa hasta la una de la madrugada! Es lo que siempre hacen cuando se sientan juntas para comer. Son muy competitivas.

Lisa y Gretchen estuvieron cuchicheando todo el rato.

¿Podías oírlas? ¿Qué decían?

Principalmente se quejaban de los ronquidos de Bernice.

¿Te uniste a ellas? ¡Que te fastidien los ronquidos de Bernice es algo que tenéis en común!

Es que intentaba dormir con todas mis fuerzas.

Pues bien, en el trabajo en equipo del circuito de cuerdas teníamos que ayudarnos entre todos a escalar un muro. Parecía superalto, pero no me asusté porque imaginé que era más o menos tan alto como una litera. A lo mejor un poco más.

Y ahora estoy en la enfermería.

Papá viene a recogerme.

¡Vaya gracia!

¡Me voy a perder la excursión, asar nubes en el fuego y todo lo demás, y voy a tener el tobillo vendado un **MES** entero!

Comeré doble ración de nubes en tu honor.

¡ES HORRIBLE Y UNA LATA!

Voy a observarlo todo y a anotarlo todo, te lo prometo, así que será como si hubieses estado aquí, ¿vale?

Lo bueno es que ya no tendrás que escuchar los ronquidos de Bernice, ¿no?

Supongo.

Querida Julia:

Después de que tu padre te recogiera, todo el mundo me preguntaba qué te había pasado y cómo estabas. Mike Cavelleri empezó a contarle a la gente que te había atacado un oso.

Pero Gretchen contó la verdad y dijo que, si Mike hubiese ayudado, probablemente no te habrías caído. No sé por qué le regaña si quiere que le vaya detrás. ~~Tenemos~~ Tengo que investigar ese extraño comportamiento.

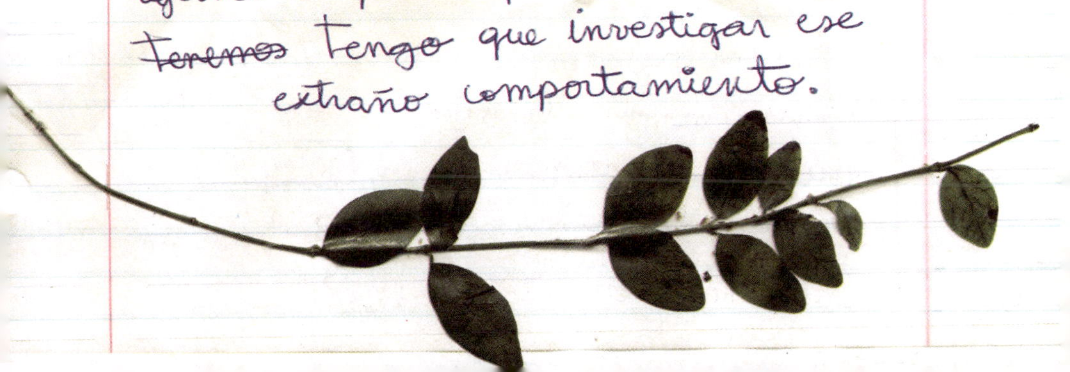

Hoy hemos ido a la excursión y los chicos no paraban de trepar a los árboles para ver quién podía subir más alto.

Roland estaba a punto de trepar a uno cuando Bill, el monitor, se puso como loco y nos dijo que no quería tener que mandar a nadie más a casa con los huesos rotos.

Roland pareció aliviado de no tener que trepar, y Jane le dijo que seguro que lo habría hecho muy bien. ¡Estaba tonteando descaradamente!

¡¡¿¿¡¡Con Roland!!??!!

Hoy hemos trabajado técnicas de supervivencia
A mí me tocó en un grupo con Sukie, Ross y Maxine, que es muy divertida. Se suponía que teníamos que hacer un fuego. Ross no paraba de dar órdenes y Sukie y Maxine se enfadaron. Sukie siempre me había parecido muy tranquila, pero cuando está con las demás chicas de jóquey sobre hierba da un poco de miedo. Ross se bajó un poco del burro y encendieron el fuego. Yo me encargué de buscar leña.

Por la noche todos nos sentamos alrededor del fuego y asamos nubes. Jamie Burke chamuscó las suyas y luego se las comió y se quemó la boca. Creo que Bill, el monitor, no le echará de menos.

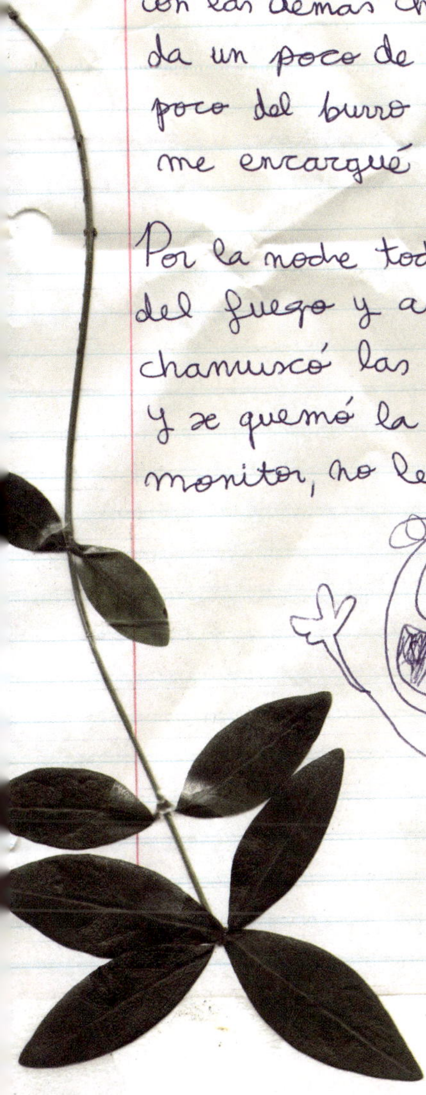

¡Lidia ha vuelto! ¡¡¡He vuelto!!!

COSAS QUE LIDIA HA AVERIGUADO EN EL VALLE DE BUCK

1. Las Chicas Populares (por lo menos Gretchen, Lisa y Jane) están locas por Mike Cavelleri. ¿Pero a Jane no le gustaba Roland? Creo que Jane tontea con todo el mundo. Mi madre lo llama "no cerrarse puerta alguna". No lo pillo. Ni yo. Pero Gretchen, Lisa y Jane le hicieron un montón de fotos a Mike, así que supongo que les gusta.

2. No nos queda otra que encontrar chicos que nos gusten.

3. Ahora sé hacer un fuego. Más o menos.

El problema de los CHICOS

No nos puede gustar Mike Cavelleri.

Imposible. Eso nunca pasará.

Me comería un cubo entero de hígado picado antes que ir detrás de Mike Cavelleri.

Yo me teñiría toda la cabeza con lejía antes que ir detrás de Mike Cavelleri.

No me habría caído de aquel muro si él no hubiese estado todo el rato metiéndome prisa.

Y se cree muy gracioso cuando me llama "Goldváter".

¿Por qué les gusta?

Probablemente nunca se ha burlado de ellas ni les ha torcido el tobillo. Pero es mejor que no nos guste, porque en el Valle de Buck parecía que Bernice iba detrás de él y escuché a las Chicas Populares reírse de ella por eso.

¿Entonces detrás de quién vas a ir?

Chuck Cavelleri

(nuevo objeto del afecto de Lidia)

Chuck es el hermano mayor de Mike. Está en Secundaria, así que al ir detrás de él ya llevo ventaja.

COSAS QUE SABEMOS DE ÉL

1. Siempre lleva camisetas negras de grupos musicales, así que sabemos los grupos que le gustan.

2. Cuando estábamos en la excursión, Bill le quitó un palo a Mike y Mike le dijo a Ross que Chuck le había enseñado a luchar con bastones porque Chuck va a clases.

3. Ni una sola vez ha llamado "Goldváter" a Lidia.

Ni me ha hablado.

Otro PLAN

¡Voy a convencer a mi madre para que me deje apuntar a la clase de lucha con bastones! ¡Imagina lo guay que será tener un novio mayor!

¿Vas a besarle?

Si es tu novio, tendrás que besarle.

¿De quién te vas a colgar tú?

No lo sé. ¿De nadie?

Podrías colgarte de Roland. Es majo.

Supongo. Pero no pienso besarle.

¿Qué ha dicho tu madre sobre las clases de lucha con bastón?

Le dije que eran clases de "defensa personal". Entonces se puso histérica y me preguntó quién me estaba acosando en el colegio y me soltó una charla sobre que la violencia no lleva a ninguna parte.

¡No fastidies!

Pero no pasa nada. Le conté que solo me interesaba la lucha con bastones porque los niños que van dicen que es divertido, y entonces dijo que puedo ir.

¡Guau! ¿Tienes miedo de hacerte daño?

Pues no lo había pensado.

Mejor.

Y una semana después
¡EL PRIMER DÍA DE LIDIA EN ESKRIMA!
(lucha con bastones)
Gurú Taralanna
¡Está bien, novatos, antes de que aprendáis a hacer "sumbrada", "contrada", "sinawali", "hubudubud" o "seguidas", haréis un calentamiento básico!
¡50 saltos de tijera! ¡Empezad!

Muy amablemente, la Gurú Taralanna me dejó observar la clase, aunque apuesto a que si no hubiese sido por el esguince del tobillo me habría obligado a participar.

Chuck parecía sorprendido de ver a Lidia, aunque los demás alumnos también parecían sorprendidos.

A lo mejor porque Lidia era la única chica.

El primer día de clase no se pareció en nada a lo que me había imaginado.

Estoy empezando a dudar de que la lucha con bastones sea guay. Ninguno de los chicos de la clase se parece ni de lejos a las Chicas Populares. ¿Y si voy en la dirección equivocada?

Chuck parecía agradable.

¡¡¡Apenas habló conmigo!!!

Pero no te pegó con un bastón.

Eso es buena señal, ¿no?

Estoy pensando en preguntarle a mi madre si puedo dejar las clases de lucha con bastones.

¡CREO QUE ACABO DE DECIRLE A ROLAND EN CLASE DE MÚSICA QUE ESTOY COLGADA DE ÉL!

¿¿¿QUE HAS HECHO QUÉ???

Me estaba ayudando a llevar mis cosas y le he dicho que era muy amable, y que por eso te había escogido para ser el chico que me gusta, ¡¡¡pero ahora creo que piensa que me gusta de verdad!!!

Se supone que los chicos no tienen que saber nada sobre los cuelgues que se supone que debemos tener, ¿no?

¡Eso creo! ¿Me está mirando?

Sí.

¿Qué vamos a hacer?

¡No, no, no, no, no, no, no!

¡¡¡Que no, que no, que no!!!

Mira lo que acaba de darme Roland

¡¡¡No, no, no, no, no, NO!!!

Oda a Julia
por Roland Asbjørnsen

Yo te gusto y tú me gustas,
es genial, porque el sentimiento es mutuo.
Y ahora somos muy felices
sabiendo que lo sabemos los dos.

Nunca te daré fresas
porque podrían hacerte daño
y eso me pondría triste
no sería ningún chiste.

Pero eres muy guapa y agradable
y dibujas muy bien
y además hueles bien.

¿Qué vamos a hacer?

IDEAS para que a ROLAND NO LE GUSTE JULIA

1. Tirarle algo, como un zapato o un libro de texto. **Problema:** Podríamos meternos en un lío o perder un zapato.

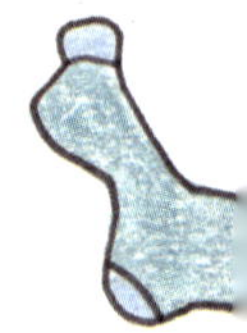

2. Encontrar algo que ofenda profundamente a los noruegos y decirlo. "¡Tu Karbonader apesta y no hay quien se la coma!". "¡Los troles son raros y desagradables!". Quizás deberíamos investigar más a fondo.

3. ¡Decirle que deje de ir detrás de mí!

Si yo te dijese que dejase de gustarte el helado, ¿dejaría de gustarte?

¡YO NO SOY UN HELADO!

Al día siguiente

NUNCA HA PASADO ALGO PEOR EN EL MUNDO, JAMÁS

Roland le enseñó el poema sobre Julia a la señorita Blanche, la profesora de música, y le encantó. ¿Quién le enseña sus poemas personales a los profesores? Nosotras no le hemos enseñado esta libreta a la señora Mulligan. Nosotras no le hemos dicho: "Oiga, señora Mulligan, ¿por qué no le echa un vistazo a nuestros pensamientos más íntimos?". ¡Y ahora la señorita Blanche quiere convertir su poema en una canción! Es lo más lamentable del mundo. Voy a pedirle a mi padre que me saque del colegio y me eduque en casa.

Abril

Hemos hablado de ello y hemos llegado a la conclusión de que

NADA FUNCIONA

Hemos intentado llevar otra ropa, hemos intentado llevar otro pelo, hemos intentado ser valientes y escalar un muro muy alto, y ¿para qué? ¡¡¡A Lidia se le cayó el pelo y tiene que seguir yendo a clase de lucha con bastones y todo el coro escolar de Primaria va a cantar una canción en la que Roland Asbjørnsen dice que cree que huelo bien!!!

Por lo menos la letra de la canción estará en noruego. Nadie sabrá que habla de ti.

Ya, claro.

Pero no podemos rendirnos. Si nos rendimos, sería como llegar a Secundaria y pedirle a todo el mundo que hiciese chistes horribles sobre nosotras.

Así que tenemos que hacer algo. Algo gordo de verdad. Algo aún más gordo que la lejía y la ropa rosa y los cuelgues más o menos secretos por chicos que quizá nos gusten y quizá no. Necesitamos:

¡EL CONCURSO DE TALENTOS ESCOLAR!

¡Uff! Otra vez no...

Así que estamos otra vez intentando decidir una canción para que Lidia cante en el Concurso de Talentos. El año pasado Jamie Burke se llevó todos los aplausos con un número de magia.

Todo el mundo cree que Jamie es gracioso, pero nadie cree que sea guay. Yo quiero que la gente piense que ~~soy~~ somos guays. Pero el señor Graham nos escuchó comentar nuestros planes y tuvo algo así como una idea interesante.

Entonces papá encontró un viejo disco y lo puso para que lo escucháramos, lo cual nos dio una idea.

Así que cogimos la canción que papá nos había sugerido, "Goldfinger", y cambiamos la letra.

Goldväter,
ella es la chica,
la chica con el nombre de oro,
¡porque es como un tesoro!

Es muy atrevido
llamarse así.
Nadie puede imitarla,
¡ella sabe de qué habla!

Notas doradas cantará en tu oreja,
¡pero su nombre no es ninguna palabreja!
Pues esta chica de oro sabe cómo molar,
aunque su nombre pueda chocar.

Es Goldväter.
En todo momento,
en el escenario sus rimas dejan sin aliento.
¡Sublime es su carácter!

¡Goldväter ya ha llegado!
¡Con ella han flipado!
¡Esta canción ha creado!
¡Goldväter ha llegado!

Mucho mejor que la canción de Roland, por si le interesa a alguien.

Una semana después

Chuck me habló en clase de esgrima.
Me dijo: "¿Vas a ir al concurso de talentos mañana por la noche?".

¡No fue así! Le contesté: "Sí, ¿y tú?"

Eso sí que ni de lejos. Dijo que sí.

Está locamente enamorado de tí.

A lo mejor, la lucha con bastones está empezando a gustarme.

Me estoy poniendo muy nerviosa por la actuación de esta noche.

¡Ya! Yo estoy hecha un flan por ti.

¡¡¡Ehhh!!! Tú no tienes que estar nerviosa, ¡tienes que darme ánimos!

Perdón, perdón. Tienes una magnífica voz y lo vas a hacer genial y, como dijo papá, si eres valiente y les dejas claro que puedes aceptar un chiste, todo el mundo verá lo magnífica que eres.

¿Lo dices en serio?

Claro. Aunque yo, en tu lugar, estaría vomitando. Vomitaría hasta haber echado todos mis órganos internos.

Ahora estoy más asqueada que nerviosa.

¿Lo ves? ¡Te he ayudado! ¡Soy útil!

Sí, increíblemente útil.

El concurso de talentos comenzó con Jane, que, *para variar*, cantó una canción.

Algunos de los compañeros de Lidia hicieron una demostración de lucha con bastones.

Yo aún no soy tan buena.

Jamie empezó su actuación, en la que al parecer cantaba y/o comía crema de cacao, pero la señorita Blanche le hizo parar.

Entonces llegó el turno de Lidia.

AQUÍ HAY TALENTO
¿Le has enseñado tú esa canción?
Lo siento, no ha sido idea mía.
¿Le has enseñado tú esa canción?
¡Chsss!
Es posible que le enseñase el álbum.

¡LO HIZO!

¡¡¡LO HICE!!!

¡Vaya si lo hizo! Pensé que mi padre no dejaría de reír hasta que se muriese.

¡Todo el mundo reía!

¡Pero en el buen sentido!

¡¡¡En el mejor sentido!!!

¡Tanto Gretchen como Sukie, e incluso Mike, me dijeron lo bien que lo había hecho!

¡Mike me llamó "Goldy"!

Eso es bueno, ¿no?

Ahora que estamos progresando, debemos trabajar en ello.

¿Me lo explicas?

Un PLAN más

Viendo cómo he impresionado a todo el colegio con mi canción, ¡vamos a presentarnos a las pruebas para entrar en el equipo de jóquey sobre hierba!

El médico dice que mi tobillo está mejor, así que creo que puedo probarlo.

Si estuviésemos en el equipo de jóquey sobre hierba, estaríamos más cerca de Sukie y a lo mejor averiguaríamos por qué es tan misteriosa. Además, creo que es bueno tener de nuestra parte a las chicas de jóquey sobre hierba.

Dan miedo, y no tenerlas de nuestra parte es una mala idea.

Al día siguiente...

¡Nos han cogido! ¡Estamos en el equipo!

¡Deirdre Mutter me felicitó y me dijo que tú también has entrado! Se quedaron muy impresionadas con lo rápido que puedes correr.

En el jóquey sobre hierba no te haces un daño horrible, ¿verdad?

Eres tan rápida que dejarás atrás a todo el que quiera golpearte con un palo de jóquey.

¿GOLPEAN A LA GENTE CON LOS PALOS DE JÓQUEY?

Dios, Julia, estoy de broma, solo bromeo. Creo.

LA PEOR NOTICIA DEL MUNDO

(aparte de que el poema de Roland se haya convertido en una canción que se interpretará en el concierto de primavera)

LA MADRE DE LIDIA NO LE DEJA ESTAR EN EL EQUIPO DE JÓQUEY SOBRE HIERBA.

Fuimos a casa y le contamos a nuestros padres que nos habían aceptado en el equipo...
Ni siquiera me habías dicho que lo ibas a probar.
¡Es genial! ¡Siempre he querido que hubiera un atleta en la familia!
Bueno, yo hice mis pinitos en esgrima en el colegio, pero eso no cuenta.
¡Me alegro mucho por ti, cariño!

Así que, al parecer, vas a tener que hacer algunas observaciones por tu cuenta.

¡¡¡Es horrible!!!

Lo harás bien.

JÓQUEY SOBRE HIERBA – DÍA 1

¡He conseguido mis objetivos del día! Bueno, no era demasiado difícil, porque mis objetivos eran quedarme en el equipo y que no me hiciesen daño, no hacer daño a nadie y hablar con Sukie, ¡y pude hacer las cuatro cosas!

Estoy supersatisfecha por tu triunfo. ¿De qué habéis hablado Sukie y tú?

Me dijo:

porque quería que le pasara la bola. Lo intenté, pero Deirdre la interceptó y entonces la entrenadora Tkaczuk me gritó por no ser más agresiva. Entonces, cuando papá me vino a recoger, Sukie me preguntó: "¿Ese es tu padre?" y yo le contesté "Sí".

Ojalá estuviese en el equipo de jóquey sobre hierba. La gurú Taralanna dice que soy muy agresiva.

Ayer, después del entreno, cuando esperábamos a que nos recogieran nuestros padres, ¡Sukie y yo mantuvimos una conversación!

¡No fastidies! ¿Qué te dijo?

Me preguntó cómo llevo lo de vivir sin mi madre, y entonces me dijo que a ella le encantaría tener padre. Es que no tiene.

¡Ni yo! Bueno, como si no lo tuviera.

¿Le contaste que yo tampoco tengo padre?

Sí, pero hay más. Te lo digo después del colegio, que creo que la señora Mulligan nos acaba de ver pasándonos esta nota.

El misterio de Sukie

Sukie me contó que su padre murió cuando ella era muy pequeña, y que ahora su madre está enferma. Su tía tiene mucho dinero y manda un coche para recoger a Sukie después del colegio.

Yo esperaba que su secreto fuera que era una agente secreta o algo así.

Ni siquiera estoy segura de que sea un secreto. Creo que en el equipo de jóquey sobre hierba todo el mundo lo sabe. Las Chicas Populares lo saben.

¿Se pondrá bien su madre?

No lo sé.

Ojalá hubiese sido un secreto más alegre.

Ya.

Mucho mejor.

Adivina lo que he averiguado.

¿Que el jóquey sobre hierba te deja dolorida?

No, espera, eso es lo que yo he averiguado.

¡A Jane no le gusta Roland!

¿Y?

En clase de Música escuché cómo Jane le contaba a Lisa que tontea con Roland porque está colada por su hermano Pete.

Pues lo que hace con Roland no está bien.

¿Por qué te importa?

No me importa. Es solo que no está bien que no esté bien.

¡Te gusta Roland!

Esa no se parece en <u>nada</u> a mí.

¡Tu forma de dibujar!

Tenemos un PROBLEMA

No es un problema.

Lidia se ha presentado a las pruebas para el solo del coro. Y me lo han dado. A Jane no pareció gustarle mucho, pero me felicitó después de que Gretchen lo hiciera.

¡¡¡Pero es el solo de la canción de Roland!!!

Bonito dibujo.

Es una tontería que a Julia le preocupe si canto el solo: alguien lo cantará, así que qué mejor que alguien que es buena y se lo toma respetuosamente.

¡Que te escriban una canción da mucha vergüenza! ¿Por qué no puedes fingir que estás enferma el día del concierto para que no la canten?

Julia tiene que superarlo porque he trabajado muy duro para conseguir un solo y ni siquiera es en nuestro idioma, así que nadie sabrá que habla de ella.

Creo que Lidia está demasiado obsesionada con ese estúpido solo para ver lo cruel que está siendo conmigo.

Creo que Julia necesita pararse a pensar y darse cuenta de que está siendo muy egoísta.

1.er partido de JÓQUEY sobre hierba

Papá vino y me hizo un trillón de fotos a cual más ridícula.

No sé si querré ver las fotos, porque perdimos el partido. A las chicas de jóquey sobre hierba NO LES GUSTA PERDER. Yo estaba algo chafada, pero Maxine estaba superdisgustada. Me daba un poco de miedo sentarme a su lado.

Después del partido, Sukie estaba esperando a que la recogiera su conductor y papá le ofreció llevarla a casa. Primero parecía que iba a decir que no, pero papá insinuó que habría una parada en el puesto de helados, así que llamó al conductor de su tía y le dijo que no fuera. Nos lo pasamos bien. Me dio mucho corte lo que decía papá, pero a Sukie le pareció gracioso, así que supongo que no pasa nada.

¡¡¡Gretchen me ha invitado a una fiesta de pijamas en su casa!!!

Aún estoy enfadada contigo.

No lo estés, ¿no ves que Gretchen está impresionada conmigo porque he conseguido el solo? ¡Por eso me ha invitado! ¡Por eso hemos estado trabajando en el Manual!

Debe de ser emocionante.

Voy a tomar un montón de notas y a contarte todo lo que pase. ¡¡¡Va a ser genial!!!

¿No estás nerviosa por si pasa algo malo?

No, ¡estoy demasiado emocionada!

...¿algo como qué?

Cosas que podrían ir HORRIBLEMENTE MAL durante una fiesta de pijamas

Observaciones en la fiesta de pijamas

por Lidia

¡La casa de Gretchen es enorme! ¡Y el jardín es enorme! ¡Y tiene cuatro perros y son todos enanos!

Estaban Lisa y Jane, pero Sukie no vino. Dijeron que iba a venir, pero que su familia la necesitaba. No les conté que ya sabía lo de la madre de Sukie. Habría sido raro.

Gretchen, Jane y yo dormimos en el suelo. Lisa durmió en el sofá. Dijo que siempre tiene que dormir sobre una superficie blanda.

Podía haber dormido encima de los perros.

No tuve una reacción alérgica (cenamos "pizza"), y me aseguré de ir al baño antes de meternos en los sacos de dormir, pero hubo un momento extraño.

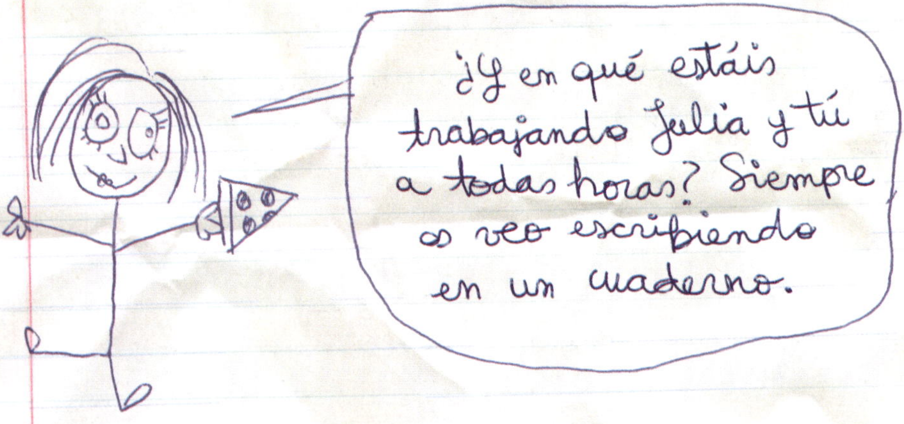

Le conté que conocíamos a unas hermanas gemelas llamadas Chloe y Zoe y que vivían en Nueva York y que estábamos haciendo un álbum de recortes para ellas.

Pero me enteré de algo interesante: ¿sabías que la hermana mayor de Gretchen, Birgit, solía ser algo así como amiga de Melody?

La historia de BIRGIT y MELODY

¿Te acuerdas de cuando mis padres se estaban divorciando?

Claro, te quedabas en mi casa casi cada día. Es cuando papá empezó a llamarte su otra hija y cuando compramos a Gata Mala.

¡Durante aquel tiempo Melody se quedaba en casa de Gretchen y Birgit! Pero eso fue antes de...

EL DESDICHADO VIAJE AL VALLE DE BUCK

Birgit y Melody debieron pelearse, porque Birgit decidió robarle todos los calcetines y la ropa interior.

¡Puaj! ¿Para qué querría alguien la ropa interior de otra persona?

Birgit no quiso decirle a Melody dónde estaban sus cosas, y Melody tuvo que pasar el resto de las colonias con la misma ropa interior y calcetines sucios, y todo el colegio empezó a llamarla Pestelody. Y Birgit aún la llama Pestelody.

La hermana de Gretchen parece muy cruel.

Sí. Aun así, no deberían juzgarnos por nuestros familiares.

Mayo

Sukie no ha venido al entreno. La entrenadora Tkaczuk ha dicho que su madre no se encontraba bien, y todas le hemos hecho una tarjeta a Sukie. Yo hice el dibujo, y a todas las chicas de jóquey sobre hierba les gustó.

No creo que eso vaya a hacer que dejen de atizarme durante el entreno, pero atizan a todo el mundo durante el entreno, así que no me lo tomo a pecho.

Y después siempre me ayudan y me dan una palmada en la espalda (que a veces es peor que cuando te tiran al suelo).

¡¡¡A Dee le gustó tanto mi dibujo que me ha pedido que la ayude a hacer pósteres para su campaña para presidenta de Primero del año que viene!!!

¿Te gusta? Creo que tenemos un problema.

GRETCHEN CONTRA DEE
Esto es malo.
Muy malo.
¡¡¡Gretchen también se presenta a presidenta!!!

¡Todo el mundo habla de lo mucho que les gustan mis pósteres!
Dee está contentísima.

Tus pósteres quizá sean demasiado buenos. Lisa me dijo en clase de Música que es posible que Gretchen no salga elegida por su culpa. ¿Y si le haces algunos a Gretchen?

Eso sería raro. Dee es mi amiga.
Y puede derribarme con facilidad.
No quiero que se enfade.

Pero si Dee gana, ¡eso arruinará todo el trabajo duro que hemos hecho para ser amigas de las Chicas Populares!

Creía que intentábamos SER Chicas Populares, no SER AMIGAS DE las Chicas Populares.

Es lo mismo.

Qué va, no lo es.

Estar junto a un tomate no te convierte en un tomate.

¿¿??

En mi cabeza tiene sentido.

¡El señor Rappaport, el profesor de Arte, me ha dicho que mis pósteres de la campaña son geniales! Quiere que ayude a diseñar pósteres para otras ocasiones, como el Día de la Reunión Padres-Profesores, el Día de San Valentín y la Fiesta de las Culturas. He estado haciendo todo tipo de esbozos y cuando llegue el momento de hacer los pósteres, ¡podrías ayudarme!

Si eres tan buena artista, no necesitas ayuda.

Había pensado que podía ser divertido.

Para ti, a lo mejor. La hermana de Gretchen ha dicho que haría algunos pósteres en el ordenador. Así es más fácil y no lo dejamos todo patas arriba.

Yo no lo dejo todo patas arriba.

¿Dónde fuiste ayer después del colegio? Te llamé, pero tu hermana me dijo que no estabas en casa.

La madre de Lisa fue a recogerla al colegio y me ofreció llevarme a casa. Paramos primero en su casa y después pasamos la tarde juntas.

¿Por qué no me llamaste?

¡No podía usar la mariquita delante de Lisa!

Supongo que no. ¿Cómo es la casa de Lisa?

¡No está abarrotada de cosas! Todo está muy limpio. El sofá no era muy cómodo y me daba un poco de miedo tocar cualquier cosa, incluso en la habitación de Lisa.

¡La próxima vez ve al baño y llámame desde allí!

¿Crees que puedo llegar a hablar así?

Lo habrías hecho de haberme llamado.

NUEVAS COSAS QUE HE AVERIGUADO POR LISA

¡Chuck Cavelleri es un pringado!

¿Qué quieres decir?

Mike piensa que es un pringado, y las Chicas Populares creen que es feo y estúpido.

Pero a ti Mike te parece un pringado. ¿Eso no convierte a Chuck en un tío quay?

No te enteras. Chuck es penoso.

Pensaba que te gustaba.

Eso era antes de saber que era penoso.

Es un lío, esto de las chicas.

Hoy estaba en el supermercado con papá y he visto a Chuck con su madre, ¡y me ha hablado!

Es el día que Jane y yo nos quedamos después del colegio para ayudar a Gretchen a colgar los pósteres de su campaña. Supongo que se me pasó ir a clase.

¡¡¡Me dio un corte!!! Después papá no paraba de decir "Uy, ¿quién es ese Chuck? ¿Lo sabe Roland?". Pero creo que a Chuck le gustas de verdad.

¡Puaj! Ojalá nunca me hubiese apuntado a lucha con bastones. Me tendría que haber apuntado a clases de canto particulares, como Jane.

Pensaba que querías jugar a jóquey sobre hierba.

Ni loca. ¡Odiamos al equipo de jóquey sobre hierba! Menos a ti y a Sukie, claro.

COSAS SORPRENDENTES DE LAS QUE ME HE ENTERADO SOBRE DEIRDRE NUTTER

1. Es disléxica. No puede distinguir la derecha de la izquierda sin pensarlo. Jane la ha visto pararse a pensarlo alguna vez.

¿Y?

2. Si Deirdre saliese elegida presidenta, solo haría lo que le interesa al equipo de jóquey sobre hierba, no lo que le conviene a todo Primero. Gretchen está preparadísima para dirigir a todo el mundo, no solo a los cuatro gatos del colegio que juegan a jóquey.

¡Eso no es cierto!

3. Deirdre tiene un nombre de pila raro y difícil de pronunciar.

4. Gretchen no necesita elaborados pósteres para parecer mejor de lo que es, porque todo el mundo sabe que es la mejor y ya está.

Eso habrá que verlo.

Y una nueva **OBSERVACIÓN:**

Lisa se está interesando muuuuuucho por nuestras conversaciones.

Me pregunta qué hacemos cuando pasamos rato juntas.

Si está tan interesada, podría invitarme a su casa. Me gustaría ver esa casa limpia como una patena.

Creo que no nos quita el ojo de encima porque tiene miedo de que te esté pasando secretos de estrategia electoral.

Vaya chorrada. Vosotras ni siquiera vais a ganar.

¡Anda que no! Creo. Pero debemos tener cuidado, porque no queremos que Lisa averigüe lo de nuestro Manual.

nuestro PLAN

Para asegurarnos de que nuestras conversaciones privadas siguen siendo privadas, especialmente las conversaciones sobre nuestra "investigación", hemos desarrollado un método de comunicación verbal para que nadie nos oiga.

Vamos a hablar en el baño.

Y vamos a tirar de la cadena constantemente mientras hablamos para que nadie pueda oírnos por casualidad. ¡Brillante!

¡Solo una semana después!

Hoy no puedo sentarme contigo durante el almuerzo: Gretchen quiere que me siente con ellas.

¿Por qué no podemos sentarnos las dos con ellas?

No se lo he preguntado. Pero lo haré cuando me siente con ellas y a lo mejor podrás sentarte con nosotras mañana.

¿Y con quién me voy a sentar hoy?

Durante el almuerzo, Lisa empezó a preguntarme por qué no vives con tu madre.

¿Por qué?

Creo que quería que le hablase de cómo vives con tu padre.

Pensaba que todo el mundo sabía ya que no vivo con mi madre. Le hablé de ello cuando estábamos en el Valle de Buck.

Pero lo dijo de una manera... como si vivir con tu padre en lugar de con tu madre fuese malo.

¿Qué dijo?

Dijo que no le extrañaba que vistas tan mal, porque tu madre no te compra la ropa.

¿Qué le pasa a mi forma de vestir?

A lo mejor no deberías llevar tantos monos.

¡Pero son cómodos! ¿Qué más dijo?

Empezó a decir que sentía pena por ti porque tu familia no es normal, ¡¡¡y Sukie le dijo que cerrase el pico!!!

¡Guau! ¿Qué dijiste tú?

¡Estaba demasiado pasmada para decir nada! Vamos al baño a hablar.

Estuvimos hablando en el baño hasta que nos interrumpió la señora Mulligan.

Así que fuimos a la enfermería. La enfermera nos hizo sentar delante de una de las zonas de reconocimiento mientras intentaba sacar medio lápiz naranja de la nariz de Jamie Burke.

Entonces pasó esto...
No sé porqué alguien querría ser amiga de Lisa. Nunca está contenta ni es simpática.
Tienes razón. Pero a Gretchen, Jane y Sukie les gusta y a mí ellas me gustan, así que a lo mejor tiene algo que se nos escapa.
La única razón por la que puede gustarle a alguien es porque es rica y compra sus amistades.
¡Aja! Seguramente su madre paga a Gretchen, Jane y Sukie para que vayan con ella.

Y entonces, mientras nos reíamos, ¡¡¡**LISA** salió de detrás de la mampara de la enfermería!!!

¿Crees que sabe que estábamos hablando de ella?

No, cree que estábamos hablando de otra persona que se llama Lisa que tiene unos padres muy ricos y que es amiga de unas chicas totalmente distintas que se llaman Gretchen, Jane y Sukie.

¿Qué vamos a hacer?

¿Además de que se nos caiga la cara de vergüenza?

¿QUÉ VAMOS A HACER?

Deberíamos disculparnos.

¡No! Disculparse es admitir que hemos hecho algo malo.

¡Hemos hecho algo malo! ¡Hemos dicho cosas supercrueles y perversas!

Ni siquiera sabemos si nos oyó. No se lo ha contado a nadie. Finjamos que nunca pasó y todo irá bien. Además, ella tampoco dijo cosas muy agradables sobre ti.

Dos errores no dan un acierto.

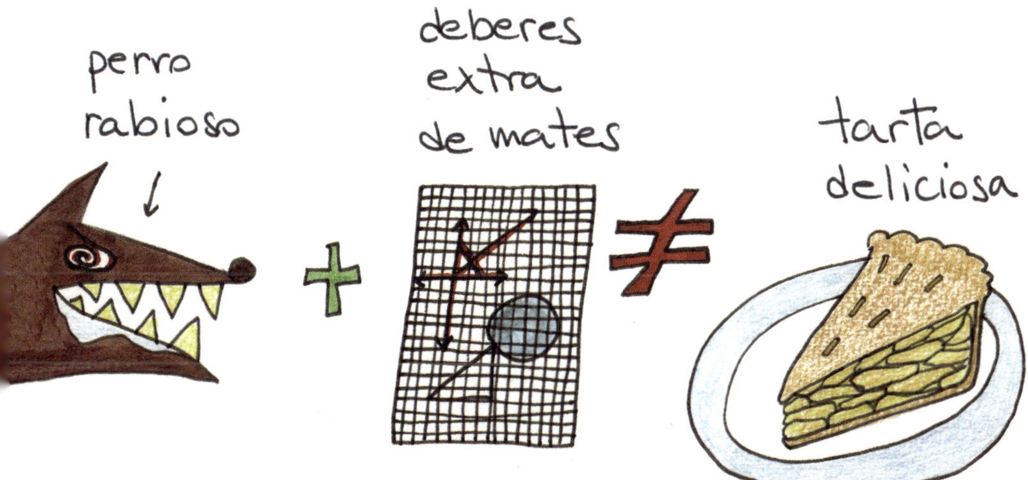

¡Podemos decirle a Lisa que era el Día al Revés y que lo decíamos todo al contrario!

Si fuera el Día al Revés, yo no llevaría monos. O los llevaría en la cabeza.

Podríamos decirle que estábamos ensayando para una obra que hemos escrito.

¿Crees que le gustaría que estuviésemos escribiendo una obra sobre un personaje que se llama "Lisa" que solo tiene amigos porque los compra?

Vale, le diremos que eres muy pobre y que estás celosa de que sea tan rica y de que su madre viva con ella.

También podríamos decirle que te han poseído unos extraterrestres que han aterrizado en la Tierra para arruinar tu vida social.

¿Crees que se lo creería?

Probablemente tanto como que somos dos dramaturgas en el Día al Revés que no tienen dinero. Limitémonos a

DISCULPARNOS

Necesitamos Consejo del Exterior
Si habéis dicho algo cruel, deberíais pedir perdón.
Ahí está.
Voy a pedir una segunda opinión.
La negación nunca llegó a buen puerto.
No tengo ni idea de lo que significa.
A lo mejor ha estado haciendo un trabajo sobre los pescadores de la Historia o algo así.

¡¡¡Anoche soñé que Melody y yo navegábamos en una barca buscando un puerto en el antiguo Egipto y que Lisa nos empujaba desde un barco más grande hasta la boca de un caimán que también se parecía a Lisa!!!

Tienes que dejar de escuchar las cosas raras que cuenta Pestelody. Cálmate y todo irá bien.

Así que hemos decidido fingir que no pasó nada, auque pasó y no me siento orgullosa de ello.

¡Mañana por la noche es el Concierto de Primavera! Roland dice que mi noruego está mejorando mucho.

Mi padre dice que se sentará junto a los Asbjørnsen. Les llama "Matilda" y "Thor" cuando hablan por teléfono.

Papá quiere que nos vistamos con trajes típicos noruegos, pero yo me niego. ¡Ni loca!

¡NO PUEDO CREER QUE LO HICIERA!

¡LIDIA LE CONTÓ A TODO EL COLEGIO QUE LA CANCIÓN HABLABA DE MÍ!

Dijo que Lisa la había desafiado a hacerlo y que, claro, <u>tuvo</u> que hacerlo.

Y esta es una canción de amor en noruego escrita por Roland Asbjørnsen para su musa, JULIA GRAHAM.
LA ODIO.

Lidia no para de llamar. No pienso volver a hablar con ella EN LA VIDA. Papá está preocupado. Me sugirió algo:

Después sugirió que nos mudemos a Australia para evitar a Lidia, pero creo que no hablaba en serio.

Julia, por favor, no me odies. Ya te dije que no quería hacerte daño. Si te sirve de consuelo, Gretchen me preguntó por qué había decidido hablar sobre la canción antes de cantar el solo. Le conté que no te importaba, pero creo que sabe que en realidad sí te importaba y ahora, cuando me siento con ellas para el almuerzo, no me habla.

Por favor, olvidémoslo y ya está, ¿vale? He descubierto que a Jane tampoco le cae bien Lisa (me lo dijo en secreto).
Llámame y te lo contaré todo.

MI GRAN LISTA ENORME SOBRE POR QUÉ LIDIA ERA UNA MALA AMIGA

Escribo "era" en lugar de "es" porque "era" mi amiga y ahora ya no lo "es".

1. Lidia no estaba contenta de tener una amiga realmente buena, y se esforzó muchísimo para conseguir más. Lidia es avariciosa.
2. Lidia hizo que su amiga realmente buena la ayudase a conseguir nuevos amigos. Lidia es una mandona.
3. Lidia imaginó que su amiga realmente buena siempre sería una amiga realmente buena, independientemente de lo que ella dijese o hiciese, aunque hiciese cosas muy crueles. Lidia es estúpida.
4. Lidia prometió aprender a tejer y ahora su amiga realmente buena decepcionó a su padre porque Lidia es perezosa.
5. Lidia nunca se ha preocupado por nadie, salvo por sí misma. Lidia es egoísta.

Vale, ¿pues sabes qué? He pedido perdón. He dicho que lo sentía y lo decía de verdad, pero

¡TODO TE LO TOMAS DEMASIADO A PECHO!

¿Y qué si le dije a todo el colegio que le gustas a Roland? ¿A QUIÉN LE IMPORTA?

Ya sé que no te gusta ser el centro de atención, pero yo nunca te he llamado AVARICIOSA y MANDONA y ESTÚPIDA y EGOÍSTA.

ESO ES CRUEL.

A lo mejor tendría que haber tenido más tacto, pero tienes que PASAR PÁGINA porque, si no puedes aceptar MIS disculpas, ¡¡¡no quiero ser tu amiga!!!

Así que llámame.

Si no te quedas el cuaderno esta vez, lo tiraré. O a lo mejor se lo doy a Gretchen. ¿Qué te parece?

Ayer Gretchen me preguntó por qué ya no voy con Julia y le conté que era porque Julia quiere que Deirdre gane las elecciones y que por eso ha decidido no ir más conmigo, porque soy su amiga (de Gretchen). Yo pensaba que a Gretchen le gustaría saber lo leal que soy, pero dijo

Entonces me acordé de que Sukie estaba en el equipo y aún me sentí peor. Por suerte, Gretchen no volvió a sacar el tema.

La hermana de Gretchen nos ayudó, más o menos, con los pósteres hechos por ordenador. No sé si servirán de mucho.

Vota
x
Gretchen

Julia se niega a coger el cuaderno o a hablarme. Todo esto es una tontería. Somos amigas desde que éramos bebés.

Y ahora se pasa todo el tiempo con Dee y las chicas de jóquey sobre hierba. Las vi riéndose de Julia porque Roland va detrás de ella y Julia también se reía. ¿Ellas pueden decirlo pero yo no?

¡¡¡ES INJUSTO!!!

No puede seguir enfadada conmigo.

Ayer las chicas del equipo de jóquey sobre hierba ganaron un partido importante y hoy todo el mundo las felicitaba como si hubiesen ganado el Premio de la Academia de jóquey sobre hierba o algo así.

¡Y vi a Mike Cavelleri hablando con JULIA!

Yo quería decirle "buen trabajo", pero no lo hice. Quizá tendría que haberlo hecho.

Hoy Gretchen empezó a preguntarme sobre mis amigas de Nueva York, **Chloe** y **Zoe**. Dijo que su madre tiene una hermana en Nueva York y que, si no me importaba, podrían ir a visitarlas. No sabía qué decir, así que empecé a inventarme cosas.

No sé si Gretchen se lo ha creído, pero espero que sí, aunque yo diría que no.

OBSERVACIÓN

Anoche Lisa y Gretchen se quedaron a dormir en casa de Jane y a mí no me invitaron. Jane dijo que pensaban que estaría ocupada con mi clase de lucha con bastones, pero no veo por qué no habría podido ir después de clase.

Gretchen, Lisa y Jane pasaron la hora del almuerzo repartiendo adhesivos de la campaña de Gretchen y no me preguntaron si quería ayudarlas.
Iba a ir con ellas, pero hubiera sido un poco raro. Al final me senté con las chicas de jóquey sobre hierba.
Julia me ignoró. Dee fue maja, pero no era como tener un grupo de amigas de verdad que quieren que esté allí.
Dee estaba siendo educada. Creo que sería una buena presidenta de Primero. Iba a ofrecerme para ayudarle con su campaña, pero supongo que habría sido una situación incómoda para todos.
Es curioso, no dicen nada, pero sé cómo se sienten. Ojalá les cayese mejor. Tendría que haber estado observándolas todo este tiempo.

¡Las elecciones son la semana que viene! Hay pósters por todo el colegio. ¡Y ahora hay un tercer candidato! Jamie Burke se presenta. A lo mejor, si él gana, Julia y yo volvemos a ser amigas.

Pero no creo que pueda contar con eso.

Melody me ha enseñado a tejer.
¿¿¿quién hubiese dicho que Melody sabía tejer??? Dijo que tejer era "contracultural".
No sé qué significa, pero
¡mira qué he hecho!

No está perfecto, pero estoy aprendiendo.

Es mucho más fácil aprender cuando alguien te enseña. Si Julia me hablase, podría enseñarle a tejer y podría hacerle ese jersey a su padre. Ojalá volviésemos a ser amigas.

¡DEE GANÓ LAS ELECCIONES!

No me extraña, la verdad. Los pósteres y adhesivos de Dee eran mucho más chulos.

Vota x Gretchen

GRETCHEN ES GRANDE

Tendría que haber felicitado a Dee y a Julia, pero estaban rodeadas de mucha gente que las felicitaba y no quería perderme entre la multitud.

Hay pósteres de Julia anunciando un nuevo Club de Arte por todo el colegio. Si no la hubiese animado a apuntarse al equipo de jóquey sobre hierba, nunca hubiera llegado a ser tan popular.

¡LISA SE HA APUNTADO AL CLUB DE ARTE!

¡Vi su nombre allí, en la hoja que colgaron en la puerta del aula de Arte!

¡Y vi a Lisa comentándolo con Julia durante el almuerzo! ¡Lisa fue a la mesa de jóquey sobre hierba! Yo estaba almorzando con Roland. Le pregunté qué le parecía y me dijo:

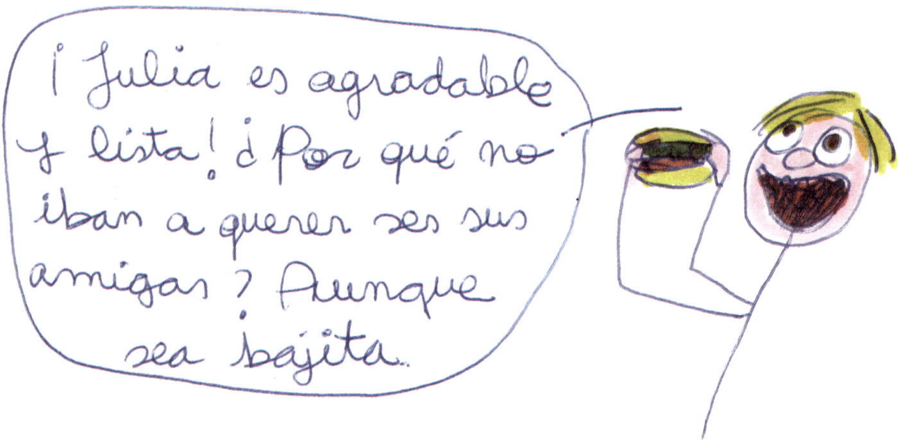

Julia no es tan bajita. En Noruega la gente debe de ser gigantesca.

Hoy Melody me ha enseñado a tejer puntos al revés. Tejer al revés es como tejer normal pero hacia atrás (o eso dice ella). A mí me parece un punto totalmente distinto, pero en cuanto supe hacerlo, ¡pude hacer esto!

Melody no es tan terrible. La verdad es que ella y Roland son las únicas personas que me hablan. Pensaba que Roland estaría enfadado conmigo, pero no lo está.

Creo que Julia también lo evita.

Melody dice

Aunque yo no creo que Melody o Roland sean desgraciados. No como yo.

Estaba empezando a creer que nadie volvería a hablar conmigo en la vida, aparte de Melody, Roland y la bibliotecaria Alegre.

Pero vi a Chuck en la biblioteca. Estaba leyendo cómics y me los enseñó, y me preguntó si volvería a esgrima. Le dije que no lo sabía, pero que a lo mejor volvía si él iba.

Ahora me siento fatal por haberle llamado penoso. Casi le pedí perdón, pero decidí que sería mejor que nunca supiese que le había considerado un pringado.

Hoy he vuelto a estar con Chuck en la biblioteca. Al parecer, pasa un montón de tiempo allí (y supongo que yo también, porque es mejor que responder a un millón de preguntas de mi madre sobre Julia).

Chuck me preguntó por qué había dejado de ir con Julia, y antes de que pudiese morderme la lengua le conté toda la historia (excepto la parte en la que pensaba que era un pringado).

Punto damero

OBSERVACIONES

1. Julia sigue sin hablar conmigo.
2. Sigo sin hablar con Julia.
3. Si Julia sigue sin hablarme y yo sigo sin hablarle **NUNCA VOLVEREMOS A HABLARNOS**

Le conté a Chuck mis observaciones y me sugirió que, si hablaba con Julia y le pedía perdón, mi observación número 3 nunca se haría realidad. Es muy listo, quizá porque es mayor. No entiendo que no sea más popular, aunque a él parece que no le importa.

Normas de
CHUCK CAVELLERI
sobre la FELICIDAD
1. Haz lo que te haga feliz.
A Chuck le gusta el eskrima y los cómics, así que va a las clases de la gurú Taralanna y colecciona cómics.
2. Sal con gente que te haga feliz.
Chuck pasa casi todo el tiempo con los chicos de eskrima. Parece que no les importa ser impopulares. Es raro, pero también mola.
Hablo de cosas que Lidia no entiende, pero soy feliz.

He intentado pensar en lo que hace feliz a Julia. Le gusta dibujar y hacer arte y salir con su padre y jugar con Gata Mala y pasar tiempo conmigo (o al menos antes). Ahora tengo la sensación de que le obligué a probar cosas que no la hacían feliz. Pero fue idea mía que intentara entrar en el equipo de jóquey sobre hierba, y eso la hace feliz. Así que probar cosas nuevas no puede ser tan malo.

Entonces intenté pensar en qué me hace feliz a mí. Me gusta cantar y estar en un escenario y pasar el tiempo con Julia (aunque no siempre me gusta jugar con Gata Mala). Y aunque fue una pasada quedarme a dormir en casa de Gretchen, no me gustó cómo actuó su hermana. Y la casa de Lisa está tan limpia que da miedo. Echo de menos a Julia. Chuck tiene razón. Tengo que hablar con ella.

LUGARES en los que HABLAR con JULIA

1. La casa de Julia. Problema: a lo mejor no está en casa, y tendré que hablar con su padre y, si está tan enfadado conmigo como ella, creo que no lo soportaré.

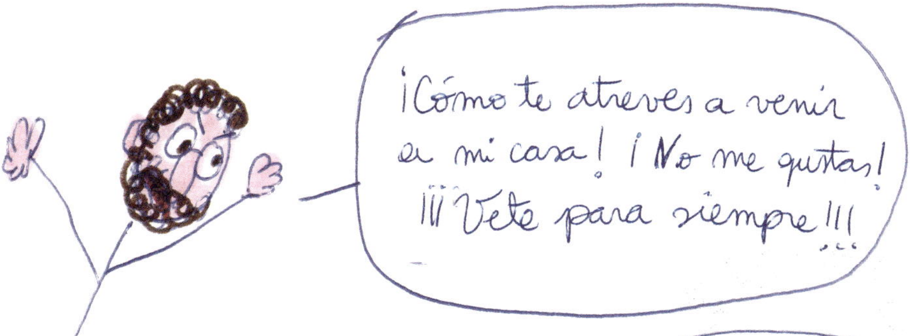

2. Un partido de jóquey sobre hierba. Problema: quizá esté muy ocupada jugando al jóquey.

3. El CLUB de ARTE

Problema: ¡el arte se me da fatal! Se pueden ver ejemplos de lo mal que se me da cuando dibujo cualquier cosa.

He hablado con Melody porque a ella se le da bien. Bueno, viste rara, así que imagino que se le da bien. Le enseñé algunos de mis dibujos y no la impresionaron.

Entonces Melody me hizo ver que tengo algo de artista. Chuck piensa que soy artística. Así que mañana llevaré mi arte al Club de Arte y hablaré con Julia. Espero que acepte mi arte. Y mis disculpas.

EL ARTE DE LIDIA

¡Lidia le ha hecho una bufanda a mi padre!

¡A papá le encanta su bufanda nueva!
Se la puso, aunque hacía mucho calor.
No hace falta que la lleves ahora.
¡Pero me queda tan bien!
La madre de Lidia dice que te vas a deshidratar.

COSAS QUE HE APRENDIDO EN ESTAS ÚLTIMAS SEMANAS

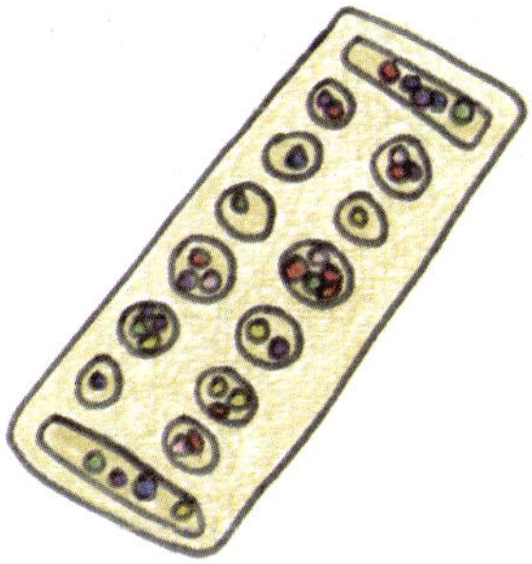

1. A jugar a juegos de mesa.

2. Jugar a juegos de mesa TODO EL RATO acaba siendo aburrido.

3. Reírme de mí misma es bueno. Dee y las chicas de jóquey sobre hierba se rieron mucho de que fuese la "novia" de Roland, pero no lo hacía con maldad, y al final acabé sintiéndome algo tonta por haber pasado tanta vergüenza.

4. Aunque tenía amigos, seguía echando de menos escribir notas y hablar con Lidia, porque nunca tengo que explicarle los chistes.

¿Porque soy superlista? Claaaro.

5. Aprendí que en realidad nadie nos consideró "impopulares". Simplemente no sabían que existíamos.

6. Lisa no es tan mala.
Lo que pasa es que siempre le preocupa lo que los demás piensan de ella.
Está mucho más relajada cuando trabaja con la arcilla.

También se le da bien.

7. Aprendí que en la vida hay cosas peores que gustar a los chicos.
8. Ser cruel me hace sentir peor.
9. Y cuando alguien te pide perdón y lo dice de verdad, tienes que aceptarlo.

Gretchen se me acercó después de clase y me preguntó si quería ir a dormir a su casa esta noche.

¿Vas a ir?

Le dije que no iba a perderme la Noche de los Burritos en casa de los Graham.

Dijo que tú también podías venir.

A lo mejor iré...

La próxima vez.

Cuando sea la Noche del Hígado Picado.

Julio

Resulta que Melody (¡¡!) ayudó a Lidia a enseñarme el punto al revés. Parecía contenta de verme.

O contenta a su manera. Pero es una buena profesora. Le pregunté cómo había aprendido ella, y ¡nos contó que pasa el tiempo en la tienda de los hilos!

Raro, ¿verdad?
No tenía ni idea.
Yo pensaba que lo único que hacía era quedarse en su habitación, enfadada con el mundo.

Y yo.

Le conté que era divertido pensar en ella pasando el tiempo con un montón de señoras mayores tejiendo, y entonces Melody dijo algo fantástico:

LA GENTE MÁS GUAY QUE CONOCEMOS
Sukie
Chuck
Dee
Roland
Melody
Gata Mala
¡NOSOTRAS!

Agradecimientos

Me gustaría dar las gracias a los Ignatow de Nueva York, Nueva Jersey y Texas; a Stephen Barr, de Writers House; a Scott Auerbach, Howard Reeves, Susan Van Metre, Melissa Arnst y Chad Beckerman, de Amulet Books; a Maggie Lehrman, mi fantástica editora, cuyo entusiasmo por Lidia y Julia solo se puede comparar con su habilidad para hacer mezclas; a Chuck Wyatt, por su inestimable conocimiento del eskrima; a The Harem of the Dancing Fisherman, por compartir su pericia en las artes textiles; a Rich Harrington, Bill Brown y al Departamento de Ilustración de la Escuela de Arte Moore, por seguir enseñándome mucho después de haber acabado mis días como estudiante; a Dan Lazar, mi asombroso y flexible agente en Writers House, que respondió a todos mis correos a todas horas, me dijo que podía ir en deportivas a las reuniones y nunca perdió la confianza en mí, y sin el cual este libro nunca se habría convertido en realidad, y a Richard Ignatow, cuyas desenfrenadas diatribas sobre las últimas noticias de la NPR no pueden esconder al padre más comprensivo, paciente y estupendo que una dibujante podría pedir. Vaya mi mayor agradecimiento al amor y ánimo de mi maravilloso esposo, Mark, mi mejor amigo.

Sobre la autora

Amy Ignatow, autora de "Documentos sobre la popularidad" y sus secuelas, es una dibujante y profesora que había trabajado como granjera, florista, cocinera de comida rápida vegetariana, pollo bailarín publicitario, profesora auxiliar para la preparación del examen de acceso a universidad, telerrecaudadora de fondos, cantante en bodas, «escritora fantasma» de anuncios de contactos en Internet, reportera y pintora de maquillaje corporal y facial con aerógrafo bajo el pseudónimo «Ooga». Se graduó en la Escuela de Arte y Diseño Moore y vive en Filadelfia con su marido, Mark, y su gata, Mathilda, en cuyas buenas intenciones confían, a pesar de las pruebas que hay en su contra.

A mis amigos, que son la gente
más guay que conozco.
Ig

Nota de la artista: Los materiales utilizados para crear el libro son tinta, lápices de colores, marcadores de colores, hilo e impresiones digitales.

NOTA DEL EDITOR: Este libro es una obra de ficción. Los nombres, personajes, lugares y episodios son producto de la imaginación de la autora o se utilizan de forma ficticia. Cualquier parecido con personas, vivas o muertas, locales comerciales, acontecimientos o escenarios reales es pura coincidencia.

Diseño del libro: Amy Ignatow y Melissa Arnst

Travessera de Gràcia, 73-79, 1.° 1.ª
08006 Barcelona
www.medialivecontent.com

1.ª edición: junio de 2012
Depósito legal: B. 16072-2012
ISBN: 978-84-15239-26-0
Traducción: Victoria Romero Moreno
Impreso y encuadernado en España

CLIC EDICIONES